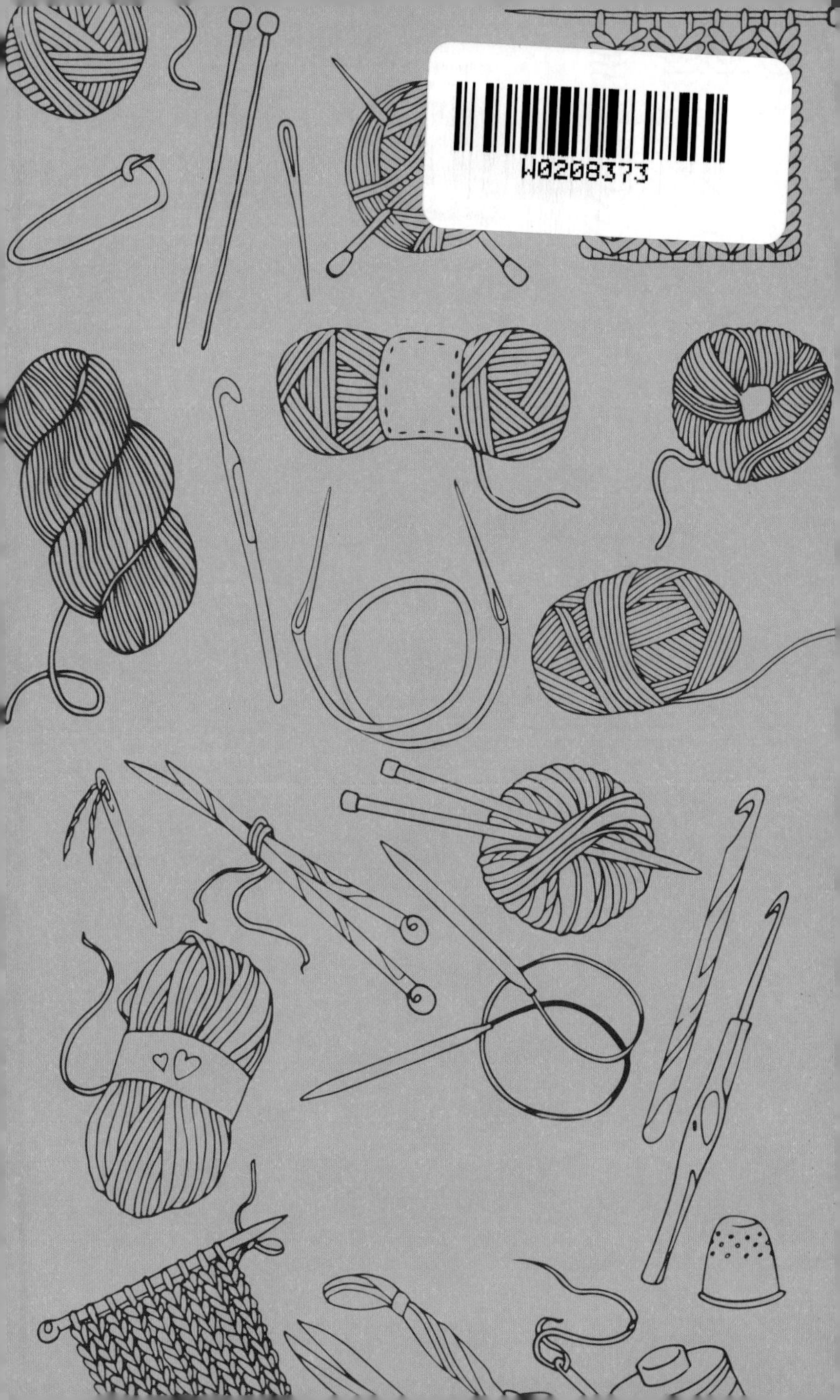

WOLLLUST

Impressum:
ISBN: 978-3-903113-16-9
2017 echomedia buchverlag
echo medienhaus ges.m.b.h.
Media Quarter Marx 3.2.
A-1030 Wien, Maria-Jacobi-Gasse 1

Produktion: Ilse Helmreich
Layout: Elisabeth Waidhofer
Lektorat: Regina Moshammer
Coverfoto: Inge Prader
Illustrationen: istock by Getty Images, shutterstock
Herstellungsort: Wien

Für Lisa.

Ein Freund ist ein Geschenk,
das man sich selbst macht.

Robert Louis Stevenson

Bevor's losgeht!

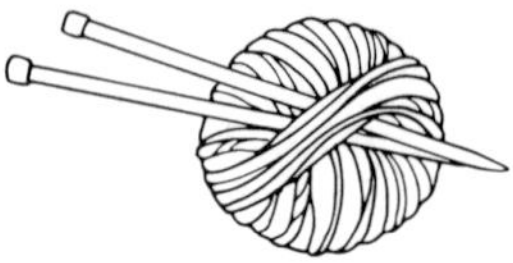

Freu mich sehr, dass Sie sich mein Buch ausgesucht haben.

Als Service habe ich eine besonders große Schrift ausgewählt – als Balsam für Ihre Augen –, damit Sie immer und überall, am Strand, am Abend, im Bett oder sonstwo, ohne Brille mein Buch lesen können.

Außerdem habe ich zu bestimmten Geschichten die passende Website angeführt. Nicht im Anhang, nicht irgendwo, sondern sofort zur Geschichte! Und damit Sie sich nicht erst vor einen Computer setzen müssen, können Sie sich die Website mit diesem QR-Code auf Ihr

Smartphone holen. Sie brauchen sich nur eine App herunterzuladen (gibt's gratis und heißt QR-Reader) und dann diesen Code einzuscannen und Sie können das nachlesen, womit ich Sie nicht langweilen wollte. Cool oder?

Ein Lesehappening der besonderen Art!
Viel Spaß!

Ihre Chris Lohner

„Nein! Ich will nicht! Ich will nicht." So meine Weigerung, die grausliche, kratzige Weste anzuziehen.

„Jetzt hör schon auf. Zieh das jetzt an und Schluss. So kratzig ist das gar nicht." So die Antwort meiner Mutter.

So geschehen neunzehnhundertneunundvierzig (1949).

Da war ich sechs. Alte Sachen meiner Oma und Mutter wurden aufgetrennt und neu gestrickt! Quasi aus Alt mach Neu. Von wegen! Kratzig, hässlich und mein bereits vorhandenes ästhetisches Gefühl beleidigend. Und das jahrelang. Weil es nichts anderes gab. Für niemand.

Mit den Schuhen war es ähnlich. Haferlschuhe, zwei Nummern größer, damit ich sie auch jahrelang tragen kann (muss)! Anfangs mit drei Paar Socken und dann jedes Jahr ein Paar weniger. Und ich chronisch angefressen. Vielleicht hat mich auch deshalb später eine extreme Schuhleidenschaft gepackt. Es gibt absolut keinen Platz auf der Welt, an dem ich nicht Schuhe gekauft habe. Selbst in Afrika, wo ich als Botschafterin von „Licht für die Welt" unterwegs bin. Dort macht man aus kaputten Autoreifen Schlapfen und auch die hab ich haben müssen.

www.licht-fuer-die-welt.at

Also, ganz ehrlich: Ich glaube, ich bin mittlerweile schuhsüchtig.

A dedicated follower of fashion, of shoes!

Mit Wolle war das genau das Gegenteil.

Meine Aversion diesbezüglich hat sich auch in der Schule beim Stricken intensiv bemerkbar gemacht. In der sogenannten Handarbeitsstunde. Hab mich eine Weile anstandshalber sehr geplagt, aber ich konnte das einfach nicht und – ehrlich – ich wollte es auch nicht. Hab mich einfach blöd gestellt.

Also hieß es irgendwann angesichts der katastrophalen Ergebnisse meiner Strickversuche: „Lass es lieber sein, das wird nichts. Sei einfach ruhig und stör die anderen nicht."

So der weise Vorschlag meiner wunderbaren Lehrerin mit Verständnis für mein Unvermögen. Eine Frau, weit ihrer Zeit voraus! Ich werde sie nie vergessen. Aber damit war natürlich auch vorläufig meine Strickkarriere beendet, bevor sie überhaupt begonnen hatte.

Jahrzehnte und einige nicht selbst gestrickte Kaschmirpullover später werde ich plötzlich wieder sehr intensiv mit Wolle und Stricken konfrontiert. Meine alte Freundin Irmi – wir kennen einander schon seit dem Gymnasium – erzählt mir, dass es jetzt absolut IN ist und es fast alle machen: Stricken!

War mir bisher nicht aufgefallen. Ja, aber jetzt erinnere ich mich wieder: Als ich die Erzählerin in der Rocky Horror Show im MuseumsQuartier in Wien gespielt habe, da hab ich im Schminkraum gesehen, dass meine Kollegen alles Mögliche gestrickt haben. Es hat mich damals nicht besonders interessiert.

Und jetzt erzählt mir Irmi: Stricken, a Must, absoluter Trend!

Ich glaub's nicht.

Aber Irmi, die immer schon – im Gegensatz zu mir – leidenschaftlich gern gestrickt hat, sagt zu mir, mit Nachdruck:

„Warum machst du nicht ein Solo übers Stricken? Damit bist du total am Puls der Zeit."

Am Puls der Zeit mit Stricken? Also, ich weiß nicht.

Aber ich sag ja „niemals nie", weil ich ein neugieriger Mensch bin.

Also: Vielleicht eine gute Idee.

Irmi hat ja immer gute Einfälle, ist eine originelle Person und meistens gut aufgelegt. Ich mag meine Freundin sehr. Sie ist ein wunderbarer Mensch, dazu auch noch gutaussehend, schlank, chic, mit ihren dunklen Haaren und ihren blauen Augen eine sehr attraktive Frau!

Damals, als Kinder, waren wir ja beide wahrlich keine Augenweiden, sondern dürre Bohnenstangen in hässlichen Fetzen, mit komischen Frisuren und mit Wimmerln im Gesicht. Aber das war uns ja damals egal: Wir hatten immer viel Spaß miteinander. Und den haben wir immer noch! Wir sind zwar beide Alpha-Mädchen, haben uns aber vom ersten Augenblick an wunderbar verstanden, und das ist bis heute so geblieben. Auch sicherlich deshalb, weil sich zum Glück unser Geschmack, was Männer betrifft, sehr unterschiedlich entwickelt hat.

Wegen eines Mannes sind wir einander nie in die Haare geraten. Nicht unwichtig für eine funktionierende, langjährige Weiberfreundschaft.

Laut und ungestüm, vorlaut und frech, wie wir beide als Schülerinnen waren, bekamen wir ziemlich oft Strafen, durften auch eine Weile nicht nebeneinander sitzen, damit wir nicht miteinander tratschen konnten und permanent störten. Für uns damals kein Problem, sondern eine neue Herausforderung: Wie umgehe ich dieses Verbot? Und so haben wir Briefchen in Form von Papierfliegern quer durch den Raum geschossen. Weil die Luftpost aber weitaus störender war als unser Gekicher und Getratsche, durften wir dann wieder nebeneinander sitzen.

Wir haben auch heimlich auf dem Klo geraucht, wohlgemerkt „nur" ganz normale Zigaretten, und kamen uns ziemlich verwegen vor. Damals gab es hinter unserem Klassenzimmer noch einen Raum, eine kleine Garderobe, in der wir unsere Mäntel deponierten, aber auch unser Malzeug und andere Utensilien. Auch dort haben wir gelegentlich geraucht. Immer dann, wenn wir zwischen Vormittags- und Nachmittagsunterricht mehr Zeit hatten als sonst in den Pausen.

An einem solchen Tag – Irmi und ich vom blauen Dunst eingehüllt, leicht frierend, weil wir ja wegen der Qualmerei das Fenster in dem Kammerl, auch im Winter, immer offen ließen – ging plötzlich die Türe auf und unsere Chemieprofessorin steckte den Kopf rein. Ein kurzes: „Tag, Frau Fessor!", von uns gestammelt, und weg war sie wieder. Im Schock blitzartig die brennenden Zigaretten aus dem Fenster geschleudert. Pah, noch mal gut gegangen. Allerdings schade um die Zigaretten, die wir ja heimlich von unserem spärlichen Taschengeld gekauft hatten.

Kurz darauf wurden wir beide in die Direktion gerufen. Hatte die Chemieprofessorin doch etwas bemerkt? Ehrlich gesagt, sie musste es bemerkt haben, allein wegen des Geruches.

Also, auf ins Direktionszimmer! Dort, neben unserer Direktorin, die wir sehr mochten, stand ein Mann mit angefressenem Gesicht und mit seinem Hut in der Hand.

Auf der Oberseite dieses Hutes: ein Loch! Ein Brandloch! Kam uns vor, als würde es noch ein wenig glosen.

Oje! Irmi und ich sahen einander kurz an.

Offenbar waren unsere brennenden Zigaretten auf seinem blöden Hut gelandet. Und dieser Mensch hatte dann unser offenes Fenster sofort als Tatort erkannt. Kunststück. War ja auch das einzige offene Fenster.

Ich weiß nicht mehr, welche Strafe wir bekommen haben, aber wir müssen auch heute noch grinsen, wenn jemand sagt: „Der Huat brennt", eine durchaus gängige österreichische Redewendung für eine ganz dringende Angelegenheit. Für uns eine heiße Nummer unserer Schulzeit.

Irmi war – und ist – eine originelle Person. Neugierig, immer als Erste an einer Sache dran und immer sehr erfinderisch, wenn es um neue Streiche ging. Gemeinsam ist uns immer allerhand Blödsinn eingefallen, Aktionen, die man heute als Kinderkram bezeichnen würde.

Zum Glück hatten wir verständnisvolle junge Lehrer, Kriegskinder wie wir, halt nur etwas älter. Einige von ihnen standen das erste Mal vor einer Klasse und begleiteten uns dann bis zur Matura, was uns allen guttat. Denn wir waren gewissermaßen Verbündete. Und an der Spitze eine großartige Direktorin.

Ich denke gern an meine Schulzeit.

Später, als Erwachsene, hab ich meine ehemalige Direktorin immer wieder mal auf einen Lunch oder ein Dinner eingeladen und sie noch bis kurz vor ihrem Tod in einer Seniorenresidenz am Rande von Wien besucht.

Ich hatte sie einfach sehr gern. Sie war wirklich ein besonderer Mensch: aufgeschlossen und mit viel Verständnis für uns Schüler in einer besonders schwierigen Zeit, in der das durchaus Seltenheitswert hatte.

Irgendwann hat sie mal bei einem Abendessen beim Chinesen zu mir gesagt:

„Weißt du, wie froh die Lehrer heute wären, wenn die Kids in den Schulen nur die Dinge machten, die ihr gemacht habt!"

Ist halt wirklich schon lange her und die Zeiten haben sich wahrlich in jeder Hinsicht geändert. Wie halt zu allen Zeiten.

Auch im Mikrokosmos einer Schule. Lehrer anzuschwärzen ging damals gar nicht. Im Zweifelsfall bekamen immer wir die Strafen und die „xunde Watschn", manchmal prophylaktisch, so kam's mir vor.

Meine Einwände: „Ich hab ja gar nichts getan"! endeten oft mit der Antwort: „Das kannst du jemand anderem erzählen."

Zur Ehrenrettung meiner Eltern muss ich schon festhalten, dass ich nicht misshandelt wurde.

In meiner Jugend war die „xunde Watschn" durchaus eine gängige Form von Bestrafung. Heute undenkbar. Aber: Meiner Psyche hat es offensichtlich nicht geschadet und ich bin auch kein Schlägertyp geworden.

Im Gegenteil: Ich war schon als Kind ein sehr fröhliches und hilfsbereites Geschöpf und bin es bis heute geblieben.

Ich hab mir Irmis Idee für mein neues Solo durch den Kopf gehen lassen. Ja, warum eigentlich nicht!

Mein vorläufig letztes Kabarett, „Lohner packt aus“, mein Tagebuch zwischen meinem 69. und 70. Geburtstag, das ich immer noch in ganz Österreich spiele, hat mit Stricken ja absolut nichts zu tun.

https://www.youtube.com/
watch?v=5cSiRnuO7Qo

O.k. Diesmal also Stricken! Dabei kann ich ja über alles Mögliche reden. Tu ich ja gern, nicht nur auf der Bühne. Dort aber könnte ich dann auch gleich das Publikum fragen, ob das wahr ist, das mit dem Stricken.

Na gut, ich fang gleich mal an zu recherchieren. Mein erster Schritt: zu Google, weil ja Google immer alles weiß! Wieso eigentlich? Versteh bis heute nicht, wie das funktioniert. Aber das geht mir ja mit einigen anderen Dingen auch so. Wie funktioniert eigentlich Fernsehen oder Handy? Egal: Ich muss nicht alles wissen.

Also: Eingabe Stricken!

Na, das hat mich schon sehr überrascht, was ich da alles gefunden habe.

Hier nur ein Ausschnitt aus meinen Recherchen:

Strickclubs

Strickcafés

Strickbörse

Stricktipps

Strickschule

Strickbücher

Strickmeisterschaften

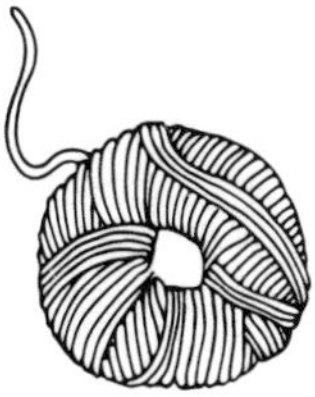

Stricktechnik

Strickmuster

Stricktrends

Strickliesel

Stricken-für-Anfänger-Video

Stricklieder usw.

Stricklieder? Was soll denn das sein? Wie muss man sich das vorstellen? Singende Strickerinnen! Selbstgestrickte Songs? Geh bitte!

Und wie immer weiß natürlich meine Strickexpertin Irmi auch darüber genau Bescheid.

„Du musst nicht immer gleich schnöden! Singend stricken. Blödsinn! Hör jetzt einfach mal zu, bevor du dich darüber lustig machst: Im Internet hab ich ein Lied für eine Singstimme mit Klavierbegleitung entdeckt: STRICK, MÄDEL, STRICK, und dann auch noch ein anderes, einen Schlager aus den 50er Jahren: ZWEI

GLATT, ZWEI VERKEHRT mit Maria Andergast und Hans Lang. Gibt's übrigens jetzt auch wieder, auf CD: Auf dem Album: „Die schönsten Schlager aller Zeiten".

http://www.europeana1914-1918.eu/de/europeana/record/ 9200231/BibliographicResource_300006032950 4#prettyPhoto[gallery]/0/

Irmi grinsend: „Schenk ich dir zum Geburtstag, vielleicht."

„Lieb von dir, aber danke nein."

Ein Strickschlager! Was es alles gibt. Hab mir das Lied natürlich im Netz angehört. Sehr volkstümlich, sag ich mal.

Neugierig wie ich bin, wollte ich mir auch unbedingt ein Strickcafé ansehen. Aber welches? Allein in Wien fällt einem die Wahl schwer. Hab dann eines gefunden, das mir gefiel, und bin hinmarschiert. Allerdings ohne Strickzeug.

Ein netter Laden. Hell und freundlich. Regale voller Wolle und mitten im Raum ein runder Tisch mit Sesseln.

Eine freundliche Lady in Strick von oben bis unten, eh klar, erzählt mir, dass es demnächst auch fixe Strickrunden geben wird, und lädt mich ein, mitzumachen.

„Sehr lieb, danke, aber leider keine Zeit."

Die Lady, in höchster Begeisterung, weiter:

„Wissen Sie, es ist einfach wunderbar! Es haben sich auch schon viele Kinder und sogar Männer dafür angemeldet. Bin total begeistert über den großen Andrang. Mein Gott, ich weiß noch gar nicht, wie ich das alles schaffen soll!"

Ich grinse freundlich und denke mir: Mädel, du schaffst das, bin sicher.

Wie ich weiter vernehme, soll es auch erstmals Schauspinnen geben.

Na ja, also dafür braucht man ja eigentlich nur mit den Öffis in Wien zu fahren!

Strickexpertin Irmi verrät mir übrigens:

„Komisch, dass ich dir das gar nicht erzählt habe, weiß nicht, wieso, aber voriges Jahr war ich sogar Ehrengast beim Weltstricktag."

Wow! Bin beeindruckt. Was es doch nicht alles an Welt-irgendwas-Tagen gibt ... Unglaublich!

Sosehr Irmi und ich in vielen Dingen einer Meinung sind, vor allem weltanschaulich, sosehr unterscheiden wir uns voneinander in Kleinigkeiten, sag ich mal.

Treibstoff für unsere Beziehung. Auch Kratzpfosten unter Umständen. Gut so! Da spürt man sich und bleibt lebendig, an Geist und Seele.

Irmi verdanke ich es übrigens auch, dass ich mal fast von der Schule geflogen wäre.

Damals wurde als Bestätigung für den Lehrer nach einer Schularbeit neben der Note im Heft eine Unterschrift von einem Elternteil verlangt.

Muss vorausschicken: Meine Eltern waren wesentlich strenger als Irmis.

Mein erster und einziger Dreier auf eine Deutschschularbeit war für mich eine Katastrophe. Ging gar nicht.

Mein Vater war da besonders streng. Er war in der Erwachsenenbildung tätig, gelernter Bibliothekar, sehr belesen und der sorgfältige Umgang mit der deutschen Sprache war ihm sehr wichtig.

Vermutlich würde er sich im Grab umdrehen, wenn er hören könnte, was heute für ein Schwachsinn gequatscht wird. Heute verstehe ich ihn auch viel besser, denn mir geht es ähnlich wie ihm damals.

Aber als Schülerin war ich noch nicht so weit. Allerdings habe ich liebend gern Aufsätze geschrieben, die auch vermutlich ganz gut waren, weil ich sie immer vorlesen musste. Den Dreier in Deutsch hab ich mir damals geholt, weil ich angeblich das Thema verfehlt hatte. Meine Fantasie war halt mit mir durchgangen ...

Ich war ziemlich verzweifelt, weil ich nicht wusste, wie ich diese Unterschrift meines Vaters hätte vermeiden können. Denn meine

Deutschaufsätze hat er sich immer zeigen lassen.

Und da kam Irmi mit ihrer Weltidee:

„Unterschreib halt selber. Ich mach das auch immer wieder und keiner hat das bisher bemerkt. Ich mach das auch bei meinen Entschuldigungen so. Du nimmst ein Blatt mit der Originalunterschrift deines Vaters, hältst es ans Fenster gegen das Licht, legst deine Seite drüber und ziehst seine Unterschrift nach. Fertig! Einfach abpausen. Mein Vater macht das ständig mit irgendwelchen Entwürfen oder Plänen."

Na gut, Irmis Vater war Architekt. Und Irmi war offenbar talentiert, hatte das Architektengen und war eine geübte Fälscherin. Aber ich?

Ich musste das auf jeden Fall einige Male vorher sicherheitshalber ausprobieren.

Außerdem: kleiner Unterschied zwischen Irmi und mir: Ihr Familienname war kurz und einfach, HALM, und die Unterschrift unkompliziert.

Nicht so mein Mädchenname, KEPRDA, und auch nicht die Unterschrift meines Vaters. Eine echte Herausforderung für mich!

Aber was soll's! Ein wenig zitternd machte ich es dann auch und ich fand die Unterschrift ganz gut gelungen. Irmi auch.

Auf die Frage meines Deutschlehrers, wer das unterschrieben habe, kam meine Antwort spontan: „Ich!"

Und damit war meine kriminelle Karriere auch schon zu Ende.

Denn ich war zwar eine arge Rübe, aber lügen war nicht meines. Nicht aus Tugendhaftigkeit, sondern aus Bequemlichkeit. Ich fand und finde das immer noch: Man muss sich beim Lügen einfach zu viel merken. Dann lieber gar nichts sagen. Aber dafür war es damals zu spät.

Ein Riesenwirbel, Mutter in die Schule, weil Vater Gott sei Dank keine Zeit hatte.

Betragensnote Drei! Falls daraus durch vorbildliches Verhalten bis zum letzten Trimester kein Einser wird, dann Rauswurf aus der Schule. Na Mahlzeit. Ich war bis Schulschluss die bravste Schülerin von ganz Wien. Sehr anstrengend!

Gibt es überhaupt noch „Betragensnoten?“

Irmi, die Fälscherin, hat weitergemacht und ich hab sie natürlich nicht verraten. Aber ich habe sie um ihr Talent beneidet und war eine Weile ziemlich angefressen auf sie.

Der absolute Hammer war aber damals die Ansage meiner Mutter:

„Warum hast du nicht meine Unterschrift genommen, die wär ja viel leichter zu fälschen gewesen.“

Meine Mutter war manchmal wirklich cool!

Nur wenn's um Wolliges ging, fand ich sie echt ätzend. Mit der faden, kratzigen Wiederverwertungsorgie ihrer alten Stricksachen konnte ich mich nie anfreunden und so habe ich den winzigsten Gedanken ans Stricken schon im Ansatz sofort verdrängt.

Und jetzt kommt Irmi daher und versucht mich zu überreden, doch mal ein Programm übers Stricken für die Bühne zu schreiben.

Und sie hat es geschafft! Zumindest meine Neugier und mein Interesse wurden geweckt und ich begann, mich intensiv mit Stricken zu beschäftigen!

Und deshalb fällt mir mittlerweile so einiges auf, das ich vorher nie bemerkt hätte. So hab ich neulich im Fernsehen eine Live-Übertragung aus dem Parlament verfolgt. Das mach ich ganz gern, weil es einen gewissen Unterhaltungswert für mich hat. Möglicherweise auch für Sie, könnte ich mir schon vorstellen. Außerdem ist es für mich als Schauspielerin ja auch beruflich nicht unwichtig, Menschen zu beobachten.

Es ist ja längst nichts Neues mehr, dass im Parlament Frauen ihre Babys stillen – ist ja auch nichts dabei, geht ja überall –, aber jetzt, quasi mit dem neuen Tunnelblick aufs Stricken, hab ich sofort gesehen, dass jemand strickt. Ein Mann. Vermutlich ein Grüner. Ich hab mir dann gedacht, na ja, weil's wahrscheinlich eh ziemlich fad ist, dort im Parlament stundenlang rumzusitzen. Und zuhören zu müssen, wie viel geredet und wie wenig gesagt wird. Viel Lärm um nichts. Viel heiße Luft! Da kann man die Zeit ja sinnvoll nützen. Eh eine gute Idee.

Ab diesem Moment habe ich begonnen, Irmis Leidenschaft fürs Stricken einigermaßen zu verstehen. Als ich neulich bei ihr gewesen bin, da hat sie mir so ein unförmiges Etwas aus Wolle gezeigt, das hat ausgesehen wie der Grundriss von einem Gartenhaus.

Ganz stolz hat sie gesagt:

„Schau, das hab ich selbst gestrickt."

Und ich hab mir gedacht: Aha, interessant.

„Aber sag mal Irmi, was ist das eigentlich?"

„Ja siehst du denn das nicht? Das ist ein Poncho!"

Ein Poncho! Na, dass ich das nicht gleich erkannt hab. Natürlich. Ein Poncho. Kenn ich doch!

Ich war ja vor einiger Zeit mit „Licht für die Welt" in meiner Eigenschaft als Botschafterin in Bolivien. Bei den Guarani, einer indianischen Ethnie, die bereits in präkolumbischer Zeit als

Ackerbauern im mittleren Südamerika siedelte und somit zu den indigenen Völkern Südamerikas zählt. Ihre Siedlungsgebiete gehören heute zu Paraguay, Bolivien, Argentinien, Brasilien und Uruguay.

Also Indianer! Aber „political correct" – es könnte mir vor lauter Scheinheiligkeit schlecht werden – ein „indigenes Volk", das zu den Ärmsten der Armen gehört.

Und sie tragen Ponchos.

Nur, ich kann mich nicht erinnern, dass die so schwer waren wie der von Irmi. Die Guarani, die Bolivianer im Allgemeinen sind ja relativ klein und der Poncho von Irmi, der wiegt ja meiner Schätzung nach mindestens zehn Kilo!

Ganz ehrlich, ich kann mir nicht vorstellen, dass die Menschen in Bolivien freiwillig so ein schweres Ding tagtäglich mit sich rumschleppen, und das in 3.000 bis 4.000 Metern Höhe.

Da reicht ja schon das eigene Gewicht, um kaum vom Fleck zu kommen. Ich weiß, wovon ich rede. War ja dort.

Na wie auch immer! Irmi sagt, das gehört so.

Also, falls Sie jetzt Lust auf einen Poncho haben – ist ja eigentlich ein schickes Teil –, bitte sehr, so wird er gestrickt, der Poncho.

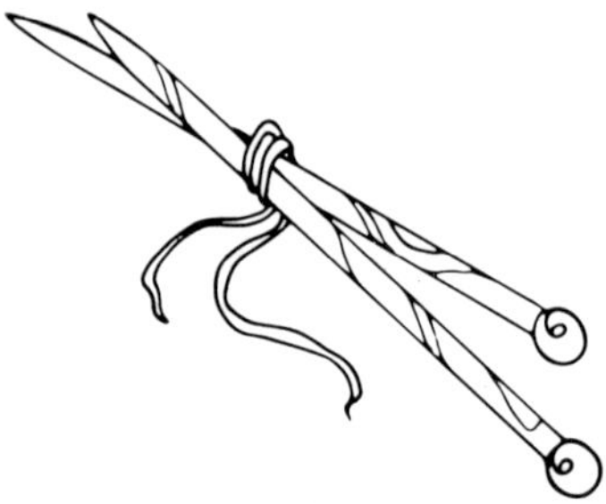

Strickanleitung Poncho

Poncho mit Rollkragen und Fransen

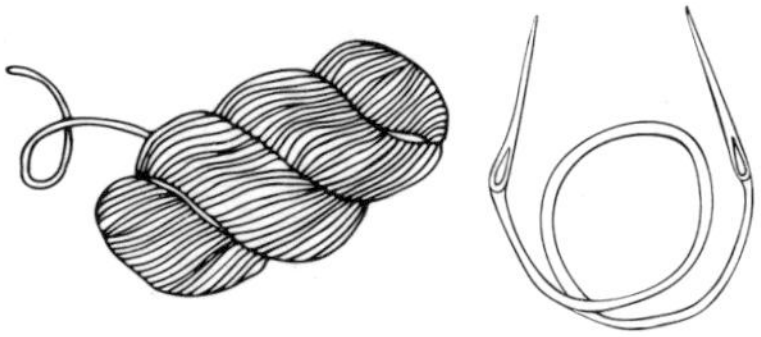

Größe 36 bis 42: Das Modell passt für alle angegebenen Größen.

Material: Lana Grossa-Qualität „Nordico" (60 % Schurwolle, Merino), 22 % Polyamid, 18 % Polyacryl, Lauflänge ca. 90 m/50 g): ca. 450 g Petrolblau/Dunkelgrau (Fb. 7); je 1 Rundstricknadel Nr. 8, 60 und 100 cm lang, 1 Rundstricknadel Nr. 7, 60 cm lang, 1 Wollhäkelnadel Nr. 6.

Rippen: 1 Masche rechts, 1 Masche links im Wechsel stricken. Glatt rechts: Hinreihen rechts, Rückreihen links stricken.

Maschenprobe: 9 Maschen und 14,5 Reihen glatt rechts mit Nadeln Nr. 8 gestrickt und im Maschenverlauf [= Pfeilrichtung] gemessen = 10 x 10 cm.

SO WIRD'S GEMACHT:

Rückenteil: 113 Maschen mit der langen Rundnadel Nr. 8 anschlagen. Glatt rechts stricken. Für die Form in der 3. Reihe ab Anschlag 2 Maschen abnehmen, dafür die mittleren 3 Maschen überzogen zusammenstricken = 1 Masche wie zum Rechtsstricken abheben, die folgenden 2 Maschen rechts zusammenstricken, dann die abgehobene Masche darüberziehen. Diese Abnahme in jeder 2. Reihe noch 44 x über der gleichen Stelle wiederholen = 23 Maschen. Bei abnehmender Maschenzahl mit der kürzeren Rundnadel Nr. 8 weiterarbeiten. In der folgenden Hinreihe für den Halsausschnitt die mittleren 13 Maschen abketten und beide Seiten getrennt weiterstricken. Für die weitere Rundung in der folgenden 2. Reihe noch 1 x 3 Maschen abketten. Dann noch die letzten 2 Maschen abketten. Damit sind die Maschen der einen Seite aufgebraucht. Die andere Seite gegengleich beenden.

Vorderteil: Wie das Rückenteil stricken, jedoch mit tieferem Halsausschnitt. Dafür bereits in folgender Hinreihe nach der 38. Abnahme (es sind noch 37 Maschen auf der Nadel) die mittleren

9 Maschen abketten und beide Seiten getrennt weiterstricken. Am inneren Rand für die weitere Rundung in jeder 2. Reihe noch 5 x je 2 Maschen und 2 x je 1 Masche abketten. Die restlichen 2 Maschen in gleicher Höhe wie am Rückenteil abketten. Die andere Seite gegengleich beenden.

Ausarbeiten: Teile spannen, anfeuchten und trocknen lassen. Seitennähte schließen. Mit der Rundnadel Nr. 7 aus dem Halsausschnittrand 60 Maschen auffassen. Für den Rollkragen Rippen in Runden stricken. In 5 cm Kragenhöhe mit der 60 cm langen Rundnadel Nr. 8 weiterarbeiten. In insgesamt 17 cm Kragenhöhe die Maschen locker abketten, wie sie erscheinen. In den Anschlagrand mit der Häkelnadel 114 Fransen (in jede 2. Masche 1 Franse) einknüpfen, dabei über den Schrägseiten je 28 Fransen und in vorderer und rückwärtiger Mitte über die Spitze je 1 Franse anordnen. Pro Franse 2 Fäden von 40 cm Länge zuschneiden und zur Hälfte legen. Die entstandene Schlinge mit der Häkelnadel durch die Strickarbeit ziehen. Dann die Fransenenden durch die Schlinge führen. Franse fest anziehen. Die Fransenlänge beträgt ca. 19 cm.
FERTIG!

Übrigens, in Bolivien hat man mir erzählt, dass es im Titicacasee, im Nachbarland Peru, eine Insel gibt, die berühmt ist für ihre strickenden Männer. TAQUILE ISLAND: Die Insel der strickenden Männer! Da schlug Irmis Wollherz höher, als ich ihr davon erzählte. Allerdings stricken dort ausschließlich Männer. Frauen dürfen dafür spinnen ...

Ein wunderbarer Ort für Mädels wie mich!

Das hat mich sofort beeindruckt. Finde das großartig. Was für eine gute Idee. Hab mir vorgenommen, das unbedingt auf der Bühne zu erzählen. Es wäre ja echt super, wenn bei uns in Wien auf der Donauinsel die Männer stricken würden.

Wie Sie ja vielleicht wissen, gibt es seit einiger Zeit ein Gesetz gegen sexuelle Belästigung. Und neuerdings gehört auch Pograpschen dazu.

Würden also Männer stricken, kämen sie logischerweise mit dem zusätzlichen Paragrafen nicht in Konflikt. Wer strickt, der hat ja keine Hand frei, um zu grapschen.

Den Klaps oder den Griff auf den Hintern einer wildfremden Frau zu verharmlosen, das hat mich schon immer geärgert. Allerdings frag ich mich, wie man so ein Gesetz kontrolliert und die Tat bestraft ...

Sagt man da zum Täter:

„Kann ich bitte Ihren Ausweis sehen, ich werde Sie jetzt anzeigen."

Oder wenn z. B. gar ein Vorgesetzter mal irrtümlich hinlangt, was macht man da?

Kommt aber angeblich eh nicht vor ...

Und wie läuft das umgekehrt? Im Zeitalter der sogenannten Gleichberechtigung.

Na, gar nicht. Wir Mädels machen so etwas nicht.

Einen knackigen Männerpo schau ich mir schon gern an, aber hingreifen? Nein danke!

Irmi unterbricht meine Gedanken und sagt:

„Wahrscheinlich ist dir das noch gar nicht aufgefallen, aber bei mir zu Haus stricken alle. Meine alte Mutter strickt, mein Sohn, der Thomas, strickt, mein Freund, der Karli, ja der hat auch mal gestrickt, und die Susanne, na, die strickt jetzt nicht mehr. Du weißt ja, sie hat einen Gynäkologen geheiratet, die macht jetzt andere Handarbeiten!"

Ich wollte das nicht kommentieren und dachte mir nur: Wusste gar nicht, dass ihre Tochter jetzt in der Ordi ihres Mannes arbeitet, wo sie doch so gerne schreibt und damit sogar recht erfolgreich ist.

Aber das mit dem „alle stricken" hat dann schon meinen Ehrgeiz geweckt. So zwei glatt, zwei verkehrt werde ich ja vielleicht auch noch hinkriegen. Also hab ich begonnen, für die Bühne etwas zu stricken! Aus lauter Wollresten, die mir Irmi geschenkt hatte.

Hat Monate gedauert! Meine Agenten hatten ja schon im Mai den Premierentermin für Oktober fixiert. So hab ich immer dann, wenn ich Zeit hatte und die nötige Disziplin aufbrachte, gestrickt.

Was Sie auf der Bühne sehen, das ist wie die Spitze eines Eisberges. Alles, was ich bis dahin gemacht habe, damit alles klappt, das hat ja für Sie keinen Unterhaltungswert.

Die Vorbereitungen für ein Solo, noch dazu, wenn man selbst produziert, sind sehr umfangreich. Zunächst mal die kreative Seite: Am Anfang steht die Idee. Dann Text schreiben und lernen. Danach geht's los: Plakat entwerfen, Fototermin. Das ist sehr lustvoll, weil ich mit der Starfotografin Inge Prader, meiner Lieblingsfotografin, dabei immer eine Riesenhetz habe.

Dann wird gedruckt, der Pressetext für Folder und Flyer verfasst. Jetzt heißt es Requisiten organisieren, inszenieren und Bühnenbild entwerfen, Premierenliste für Gäste und Medien zusammenstellen und hoffen, dass es ein Erfolg wird.

Ich weiß nicht, ob es Ihnen auch so geht, aber für die Dinge, die sein müssen, mir aber keinen so großen Spaß machen, finde ich immer gute Ausreden, sie zu verschieben:

„Zuerst bade ich noch meinen Hund." Oder: „Muss Rasen mähen. Jetzt!"

Trotz meiner anfänglichen Aversion gegen das Stricken ist aus Irmis Wollresten ein unglaublich langes, buntes Ding geworden. Ein Schal!!! Mindestens acht Meter lang. Bis jetzt, denn er ist immer noch nicht fertig. Wenn ich nur aufhören könnte! Aber mitten in einer neuen Reihe geht mir die Wolle aus und ich muss mit einer anderen Farbe weitermachen, oft auch mit einer viel dünneren Wolle, und so geht es immer weiter und weiter und ich komme nie zu einem Abschluss, weil ich ja nicht mitten in einer Reihe aufhören kann.

Die unendliche Geschichte eines bunten, nicht enden wollenden Gewusels.

Irmis Sohn, der Thomas, der strickt übrigens noch zu Hause. Unglaublich: Mit fast 40 Jahren hockt der Kerl noch in der Pension Mama!

„Weil's so praktisch und so gemütlich ist", sagt er.

Ich versteh eigentlich nicht, warum Irmi das zulässt, aber sie war ja immer eine Supermutter und hat alles für ihre Kinder getan.

Nur dass Bubi immer noch an ihrem Rockzipfel hängt, das finde ich schon ziemlich arg! Hab ihr das auch mal gesagt.

Aber Irmi meinte: „Schau, das verstehst du nicht, du hast ja keine Kinder. Und was den Thomas betrifft: Den merk ich ja kaum, wenn er daheim ist."

Sie machte auch noch Scherze: „Weißt du, wenigstens kommt er in der Nacht nicht mehr zu uns ins Schlafzimmer, so wie früher, und sagt:

‚Kann ich bitte bei euch schlafen, ich fürcht mich so!'"

Gut, Thomas ist ja auch ein lieber Kerl und ein hübscher dazu. Er sieht aus wie Irmi. Und er versteht es, einen um den Finger zu wickeln. Auch mich.

Die Susanne, Irmis Tochter, war ja eigentlich immer das Nesthäkchen, eine Nachzüglerin, zehn Jahre nach Thomas. Aber sie hat als Erste das warme Nest verlassen.

Davor hat sich Irmi allerdings noch scheiden lassen. Ich muss ehrlich sagen, ich hab das damals insgeheim sehr begrüßt.

Irmi ist ja immer zu Hause bei ihren Kindern gewesen, hat daheim für ein Wochenmagazin geschrieben und hat sich daher auch um die Kinder kümmern können.

Ihren Mann konnte ich überhaupt nicht leiden. Ich hab das zwar nie ausgesprochen, aber Irmi hat das auch so gemerkt!

Fescher Mann, aber in meinen Augen ein ausgemachter Schnösel, mit seinen blöden Witzen und seiner Anmache.

Sein einziges Interesse, so schien mir, bestand darin, sein Motorrad zu zerlegen und es wieder zusammenzubauen.

Ich weiß, das klingt jetzt ziemlich ekelhaft von mir, aber ich war ja auch nie in ihn verliebt und hab ihn halt immer ohne rosarote Brille gesehen.

Bei Irmi hat es etwas gedauert. Der Kerl war sich ja auch nicht zu blöd, mich anzubaggern, aber das habe ich Irmi nie erzählt.

Da ist Karli, Irmis Freund, schon ein ganz anderer Typ. Immer witzig, charmant, gutaussehend und sehr belesen. Wir hatten immer sehr interessante Abende zu dritt oder auch in großer Runde, mit guten Gesprächen und Diskussionen.

Karli ist Bühnenbildner und ziemlich gut in seinem Fach.

Im Moment ist das aber kein Thema, weil Karli vorübergehend ausgezogen ist. Wieder einmal. Ich fürchte, das ganze Set-up mit Irmis Sohn und Mutter ist ihm wieder mal zu viel geworden.

Irmi trägt es mit Fassung:

„Der kommt schon wieder. Ich lass ihn einfach. Karli kann eh nicht lang allein sein."

Na hoffentlich irrt sie sich da mal nicht.

Ich hab sie ja beide sehr gern und ich finde auch, dass sie gut zusammenpassen.

Und Irmi meint dazu: „Schau, ich bin ja nicht allein. Mein Sohn und meine Mutter sind ja auch noch da."

Ja eben ...

Ach ja, Thomas, das liebe, gute Kind!

Na ja, ich sag es nicht laut, weil ich mich ja nicht unbedingt noch mehr einmischen möchte, aber der Thomas könnte sich schon eine eigene Wohnung leisten. Der hat ja sogar eine eigene Firma! Aber eine eigene kleine Wohnung? Nein danke. Ohne Putzfrau und Köchin? Na, das geht ja gar nicht! Aber wie Irmi schon sagte: „Das verstehst du nicht, du hast ja keine Kinder."

Stimmt. Ich habe nur eine Stieftochter, die ich nach meiner Scheidung behalten habe, weil ich ja nicht von ihr geschieden wurde. Das ergibt mittlerweile in Summe drei Stiefenkelkinder mit Partnern und ein Stiefurenkelkind.

Ja, ich bin auch geschieden. So wie Irmi.

Ganz normal, kein Rosenkrieg, ganz friedlich.

Nicht ganz so normal war der Heiratsantrag. Ich hab damals meinen Freund und seine Mutter auf den Friedhof begleitet, zum Grab seines Vaters, den ich sehr gemocht hatte.

Und wie wir drei vor dem Familiengrab gestanden sind, hat mein Freund auf das Grab gezeigt und zu mir gesagt:

„Sag mal, willst du auch da hinein?"

Und seine Mutter hat mich am Ärmel gezupft und mir zugeflüstert:

„Sag ja! Das war ein Heiratsantrag."

Meinem etwas verdatterten Nicken verdanke ich den Namen Lohner.

Unsere Hochzeitsreise haben wir in den Hügeln oberhalb von Marseille, mitten im Wald in einer kleinen Holzhütte, verbracht. Sehr romantisch.

Da gab's nur noch einige andere Hütten, ein kleines Beisel und sonst nichts. In dem Beisel wurden in demselben Wasser, in dem der Fisch für das Abendessen geputzt wurde, auch Salat und Gläser gewaschen.

Es dauerte nicht lang und mein Magen rebellierte gegen diese rustikale Behandlung. Ich bekam Fieber, mit allem, was dazugehört, und wir reisten vorzeitig ab.

Die ganze Reise über lag ich auf dem Rücksitz, leidend, jammernd und stöhnend. Immer wieder mussten wir bei einer Tankstelle anhalten. Es ging mir gar nicht gut.

Cooler Kommentar meines Ehemannes:

„Geschieden bin ich ja schon einmal. Witwer war ich allerdings noch nie."

Genauso skurril, wie meine Ehe begonnen hatte, war sie dann auch zu Ende. Weil's halt nicht mehr so gepasst hat. Ich hab meine Koffer gepackt, um wieder in meine kleine Wohnung zu ziehen. Und als mein Mann nach Hause kam, fragte er mich, mit Blick auf die Koffer:

„Kriegen wir Besuch? Hab ich da was vergessen?"

„Nein, nix Besuch. Es zieht jemand aus. Ich!"

Das war's dann. Aber Freunde sind wir noch immer.

Den Namen Lohner habe ich behalten. War auch leichter auszusprechen als KEPRDA.

Mein Exmann hat ja damals behauptet, ich hätte ihn nur wegen seines Namens geheiratet, aber das ist Blödsinn. Als Schauspielerin hätte ich mir ja auch einen Künstlernamen zulegen können, aber Lohner hat mir ohnehin gefallen.

Unter uns: Ich war genau ein Jahr verheiratet.

Davor haben wir einander schon sieben Jahre lang gekannt. Aber in einer Zeit, in der man erst mit 21 Jahren großjährig wurde, nicht zusammenleben durfte oder gemeinsam auf Urlaub fahren, da war man nicht sehr alltagstauglich.

Es ist heute kaum vorstellbar, dass ich mit meinen 21 Jahren noch nicht ausziehen durfte, keine eigene Wohnung haben durfte, obwohl das mein größter Wunsch war. Im Gegensatz zu vielen Kids heute.

Die wollen mitunter nur in der Pension Mama bleiben, so lang wie möglich. Sie sind zwar mittlerweile mit 18 volljährig und dürfen auch wählen, aber allein wohnen? Geh bitte, so ohne Putzfrau und Köchin ...

Ich aber mit meinen 21 Jahren musste mich damals an die Hausordnung halten, und da hieß es: „Du bist spätestens um 22 Uhr zu Hause."

Das war ja für mich besonders befremdend, nachdem ich mit 18 für ein Jahr als Studentin in die USA fahren durfte und damit außer Reichweite meiner Eltern war. Aber dazu später.

In Österreich war eben damals alles anders als heute. Eltern machten sich strafbar, wenn ihre noch nicht volljährige Tochter beim Freund übernachtete oder mit ihm auf Urlaub fuhr, ohne verlobt zu sein.

Ja, so war das. Als hätte es nicht immer schon „Liebe am Nachmittag" gegeben. Eben!

Gut, ganz so tragisch war es mit der Sperrstund nicht, hatte ich doch eine relativ entspannte Mutter.

Wenn also mein Vater auf Geschäftsreise war, um Filme und Vortragende für die Volkshochschule „einzukaufen", dann hatte ich schon ein wenig Highlife! Aber prinzipiell hatte mein Vater das Sagen.

Daher wurde auch von meinem Freund und mir nach einiger Zeit die Verlobung gefordert, damit das Ganze seine Ordnung hatte. Verlobt? Gibt's das noch?

Also haben wir uns verlobt. Und wir waren lang verlobt, eben sieben Jahre, weil ich keine besonders heiratsfreudige Person war und bin.

Ich höre, dass es das öfter geben soll, dass nach einer langen Liaison die Ehe dann nicht hält. Vermutlich ist dann einfach die Luft raus.

Irmis Tochter, die Susanne, eine hübsche Blondine, die ihre Mutter um einen Kopf überragt, ist ein tüchtiges Mädel! Sie schreibt ganz nette Kurzgeschichten. Hat auch schon einiges veröffentlicht. Offenbar hat sie das Talent von Irmi geerbt. Vor kurzem ist ihr erster Krimi erschienen.

DER SCHLAFROCKMÖRDER.

Hab ihn schon gelesen. Echt spannend.

Ich war mit Irmi bei der Präsentation in einem Einrichtungshaus. In der Schlafzimmerabteilung.

Der Verlag fand das offenbar originell ...

Fehlte nur noch als Dresscode: Schlafrock.

Jetzt schreibt Susanne gerade an einem Schönheitsratgeber, gemeinsam mit ihrem Mann:

FALTENLOS DURCH DIE NACHT.

Ehrlich gesagt, finde ich das schon ein wenig seltsam, um es freundlich auszudrücken.

Susannes Mann ist ja Gynäkologe und kein Schönheitschirurg.

Aber Irmi sagt: „Das ist ja egal. Der ist Arzt, der kann alles! Der kann auch Faceliftings machen. Weißt du, wie toll der ist! Der hat mir das Fett vom Hintern abgesaugt und es in die Lippen und Wangen gespritzt. Schaut doch super aus."

Ja, was soll man seiner besten Freundin da sagen, wenn sie Lippen hat wie ein Schlauchboot, kleine Hamsterbäckchen und eine Stirn so glatt wie ein Babypopo?

Aber weil ich Irmi liebe und sie sich so gefällt, hab ich nur gesagt: „Eh schön!" und insgeheim gehofft, dass bald alles ein wenig nachlassen wird.

Na, jedenfalls hat für mich seither das Wort „Arschgesicht" eine ganz neue Bedeutung!

Das mit den Schönheitskorrekturen ist so eine Sache. Prinzipiell hab ich nichts dagegen. Schließlich kann ja jeder mit seinem Gesicht und seinem Körper um sein Geld machen, was er will.

Für kleinere Korrekturen bin auch ich zu haben: Permanent Make-up oder Gel-Nägel, Oberlidstraffung, wenn es sein muss, aber das war's dann auch schon.

Botox zum Beispiel ist für mich bereits ein No-No. Weil ich als Schauspielerin Gesichter schneiden möchte, wenn ich auf der Bühne oder vor der Kamera stehe. Und dafür brauche ich doch meine Mimik! Wenn die nicht mehr da ist, kann ich dann ja nur mehr ansagen:

„Ich bin jetzt traurig. Ich bin jetzt lustig."

Weil man sonst meinen Gemütszustand ja nicht mehr erkennen kann!

Deshalb verstehe ich ja auch nicht, warum eine so bildschöne und sehr begabte Schauspielerin wie Nicole Kidman sich schon in jungen Jahren von ihrer Mimik verabschiedet hat.

Was machen all die Hollywoodstars, die gerade erst mal 30 sind und alles schon gerichtet haben und immer wieder richten lassen, bis Face nicht mehr zu liften ist, wenn sie älter sind?

Facelifting ist sowieso absolut nichts für mich. Falten hin oder her. Mal abgesehen davon, dass es sicherlich auch schmerzhaft ist, kann man ja vorher nie genau wissen, ob das so wird, wie man sich das vorgestellt hat.

Ich sehe ja auch immer wieder nicht so ganz gelungene „Gesichter" und manche Menschen erkenne ich nicht wieder!

Und so sind mir schon die peinlichsten Dinge passiert.

Ich musste mal zu einem Shooting für eine Story, so wie einige Kolleginnen auch. Noch auf dem Weg ins Studio traf ich eine, die mit dem Shooting schon fertig war. Ich bin furchtbar erschrocken, als ich sie sah. Sie war zwar geschminkt, aber ich dachte, sie hätte vor kurzem einen Unfall gehabt, wollte aber den Termin nicht absagen.

In meiner spontanen Art fragte ich sie besorgt:

„Um Gottes willen, was ist denn passiert?"

Und sie: „Wieso?"

Da musste ich kurz schlucken und deutete auf ihr Gesicht:

Und sie: „Ach so, das. Nein, alles o.k. Ich hab nur ein bissl was richten lassen."

Und ich mit letzter Kraft: „Ja, eh schön."

Und dann zischte ich einfach ab und schwor mir, nie wieder, egal, was ich Überraschendes in einem Gesicht oder an einem anderen Körperteil entdecken würde, das zu kommentieren.

Ich persönlich halte ja Facelifting auch für ein Gesundheitsrisiko, mal abgesehen davon, wie gelungen so etwas ist.

Eine lange Narkose ist ja kein Spaß und natürlich nicht verzichtbar, wenn ich sie wirklich für eine wichtige Operation, zum Beispiel an meinem Knie, brauche. Außerdem unterbricht jeder Schnitt im Körper den Energiefluss, stört die Meridiane.

Es reicht ja schon die Narkose für eine Blinddarmoperation, um den Organismus zu belasten und das Immunsystem zu schwächen.

Sich dem freiwillig auszusetzen, einfach aus Jux und Tollerei, der Schönheit zuliebe, noch dazu mit ungewissem Ausgang, das ist nichts für mich. Aber, wie gesagt, jedem das Seine.

Außerdem will ich wissen, wie ich mal aussehe, wenn ich dann wirklich sehr alt bin. Die Chinesen sagen ja, man hat im Alter das Gesicht, das man verdient. Mal sehen ...

Irmis Schwiegersohn, der Gynäkologe, macht natürlich schon hauptsächlich Dinge in seinem Fach: Geburtshilfe, Schamlippenkorrekturen und: Wiederherstellung des Jungfernhäutchens. Und das ist, bitte, kein Witz. Für eine junge arabische Braut ist Unberührtheit in der Hochzeitsnacht lebenswichtig. Wenn da nichts mehr ist, dann Gnade ihr Allah! Der versteht da keinen Spaß. Verständlich, dass sich die Mädchen, die, aus welchen Gründen auch immer, nicht mehr intakt sind, in ihrer Angst vor Strafe und vor der Schande verzweifelt nach Hilfe umsehen. Die letzte Rettung in der Not: die Wiederherstellung des Jungfernhäutchens in Europa.

Und so ist durch jene, die es sich leisten können, ein regelrechter Hymen-Repair-Tourismus aus den arabischen Ländern nach Europa entstanden.

Man kann im Netz diesbezüglich die unglaublichsten Geschichten nachlesen. So hat ein junger Moslem seine Freundin vor der geplanten Hochzeit derart bedrängt, mit ihm zu schlafen, dass sie letzten Endes eingewilligt hat. Dann aber hat er sich geweigert, sie zu heiraten, weil sie keine Jungfrau mehr war. Unfassbar! Was dann mit ihr geschehen ist, will ich mir nicht vorstellen ...

Übrigens: Eine Studie des „British Medical Journals“ ermittelte, dass in Ägypten dank der Wiederherstellung des Hymens die Rate der Ehrenmorde in den letzten zehn Jahren um 80 Prozent gesenkt werden konnte.

Aber weil wir in einer Multikultigesellschaft leben, finden solche Ehrenmorde auch in Europa statt. Das macht mich unglaublich wütend!

Nach all dem, was man jungen islamischen Mädchen antut, wundert es mich nicht, dass man dieses kostbare Etwas mittlerweile sogar über das Internet bestellen kann! Man muss nur die richtige Größe angeben – ich weiß zwar nicht, wie man das misst – und dann kommt das Ding mit der Post. Hymen per Mausklick!

Ich meine, jedes Mittel ist recht, um ein junges Mädchen vor dem beschissenen Ehrenmord zu schützen.

www.virginia-care.de

Irmi und ich haben darüber diskutiert und uns natürlich daran erinnert, welch überdimensionale Rolle die Jungfräulichkeit auch in unserer Jugend gespielt hat: als Beweis absoluter Tugendhaftigkeit!

Der berühmte Journalist und Schriftsteller Kurt Tucholsky (*1890, †1935) hat sich bereits

Anfang des 19. Jahrhunderts in einem seiner satirischen Zitate darüber ausgelassen:

„Manche Gegenstände werden durch ein einziges Löchlein entwertet. Beispiele: ein Fahrschein, eine Jungfrau und ein Luftballon."

Ich weiß noch, wie meine Mutter zu mir gesagt hat, da war ich etwa elf Jahre alt:

„Weißt du, mein Kind, deine Jungfräulichkeit ist ein kostbares Gut. Wenn du es verloren hast dann ..."

Was dann? Ja, das hat sie nicht gesagt.

Mein eigener Körper war für mich selbst tabu. Mein eigener Körper, wie schräg ist denn das?

„Greif da nicht hin. Hör auf, dich dort zu kratzen. Schlag deine Beine übereinander."

Mir war das peinlich. Überhaupt alles, was mit meinem Körper zu tun hatte, wie zum Beispiel die erste Periode.

Der ganze Sexkram ist mir damals auf die Nerven gegangen. Hat mich überhaupt nicht interessiert. Und es hat sich ja auch keiner für mich interessiert. Ich war ganz dünn, mit sehr dünnen Zöpfen und runden Krankenkassenbrillen in Pastellfarben, die übrigens heute wieder hip sind ...

Originalzitat meiner Großmutter, die 1878 geboren wurde:

„Hör mir gut zu, mein liebes Kind. Auch wenn du arm bist, du dir aber deine Jungfräulichkeit bewahrst, kannst du sogar einen Prinzen zum Mann bekommen!"

Ja, super. Jetzt fängt sie mit ihren 77 Jahren auch noch an. Aber ich wollte ja keinen Prinzen. Ich bin auf Elvis Presley gestanden. Allerdings, wenn ich mich richtig erinnere, war er ja auch irgendwie von einer jungfräulichen Braut besessen.

Elvis, the Pelvis (das Becken!) und dann so was! Dass ich nicht lache.

Wie blöd können Männer eigentlich sein?

Das ewige Getue, sich eine Jungfrau zur Frau zu wünschen, ist meiner Meinung nach ja nichts anderes als die pure Angst vor der Lust der Frau. Womöglich könnte ein anderer Mann der bessere Liebhaber als Mann selbst sein! Also, lässt Mann es gar nicht so weit kommen. Wenn Frau nichts anderes kennt, vermisst sie nichts ...

Dass es dann doch gelegentlich anders kommt, als Mann denkt, das ist Stoff für unzählige tragische Geschichten und Romane der Weltliteratur.

Na gut, meine Großmutter konnte ich ja irgendwie verstehen. Immerhin hatte sie ja noch den Kaiser erlebt und hatte durch ihre Erziehung ganz andere Vorstellungen vom Stellenwert der Frau.

Aber in den 50er Jahren vor allem uns jungen Mädels Angst vor Liebe und Sex zu machen, das war schon eine heftige Geschichte. Eine finstere Zeit für junge Menschen, neugierig auf Liebe und Sex.

Das Wort Orgasmus durfte man gar nicht in den Mund nehmen, geschweige sonst was.

Aufklärung? Im Elternhaus? In der Schule? Na, für die meisten ganz und gar nicht!

Man hat halt da und dort etwas aufgeschnappt und sich seinen eigenen Reim darauf gemacht. Und daraus ist oft ein ziemlich verwirrender Sexsalat entstanden.

Oft wurde uns auch von den Erwachsenen gedroht: „Merk dir das: Selbstbefriedigung, (also do it yourself), das ist so was von pfui, verboten und gefährlich. Davon kannst du blind werden!"

Wie schrecklich. Ich hab mir das damals natürlich sehr zu Herzen genommen.

Und wenn ich dann einen Brillenträger gesehen habe, mit ganz dicken Gläsern, da hab ich mich sehr gefreut:

„Wow, der hat gerade noch rechtzeitig damit aufgehört."

Oder Küssen? Na, nicht auszudenken.

„Davon wirst du schwanger!"

So ein Quatsch. Unglaublich!

DAS Schreckgespenst meiner Jugend: ungewollte Schwangerschaft! Mit furchtbaren Folgen in einer Zeit, in der es weder die Pille gab, noch der Gebrauch von Kondomen üblich war. In wie vielen Hinterzimmern abgetrieben wurde, kann man vermutlich nicht mal ahnen, und wie viele junge Frauen tatsächlich daran gestorben sind, darüber gibt es keine Statistik.

Gott sei Dank ist das bei uns vorbei.

Die Antibabypille gibt es hier schon seit über 50 Jahren und die Fristenlösung, also der Schwangerschaftsabbruch, ist seit über 40 Jahren in Österreich legal.

Leider ist er in vielen Ländern noch immer strafbar. Dafür sorgen Abtreibungsgesetze, die von Männern gemacht wurden.

Es ist kaum zu glauben: Es gibt sogar in der EU Staaten, in denen die Abtreibung bei Strafe wieder verboten ist. Wieder! In totalitären Regimen, die langsam vor unseren Augen entstanden sind und meiner Meinung nach in der EU nichts mehr verloren haben.

Stört das eigentlich nur mich? Das ist doch empörend, unerhört und macht mich sehr wütend.

In den USA spaltet die Diskussion über die Fristenlösung schon seit Jahren weiterhin die Nation.

Im Land der unbegrenzten Möglichkeiten. Von wegen.

Aber damals, nach meiner Matura, wollte ich halt unbedingt dorthin. Damals gab es ja auch noch so etwas wie den amerikanischen Traum. Der scheint ja mittlerweile ausgeträumt zu sein.

Ich hab mich beim „American Field Service" beworben und nach einigen Tests zu meiner großen Freude 1961 ein Stipendium für ein Jahr als Austauschstudentin in den USA bekommen.

Ein Jahr, das mein Leben verändert hat.

www.afs.at

Ich war ja mit meinen 18 Jahren auf alles neugierig, speziell was Amerika anging. War es doch damals für uns in Europa nach dem Krieg das Land der unbegrenzten Möglichkeiten, erstrebenswertes Vorbild an Lebensqualität, modern, jung, liberal usw. Na ja, damals!

Ich, als Großstadtpflanze, bin in einer sehr kleinen Stadt im Mittelwesten, in Michigan, gelandet, und das war durchaus gewöhnungsbedürftig für mich. Meine Gastfamilie für ein Jahr gehörte zu den Reichsten der Stadt und besaß den größten Supermarkt der Kleinstadt.

Supermarkt?

Wow! So etwas hatte ich noch nie gesehen. Ein Riesenladen, in dem man alles kaufen konnte, noch dazu im Überfluss. Ich kam aus dem Staunen nicht heraus und war hin und weg.

Es sollte dauern, bis es auch in Österreich Supermärkte gab, die dann leider schrittweise die kleinen Greißler, die Gemischtwarenhandlungen, verdrängten.

Aber damals, in Amerika, hat mich alles Neue fasziniert. Auch alle technischen Neuheiten, die man bei uns ja noch nicht kannte: Geschirrspüler, Waschmaschinen, riesige Farbfernseher, riesige Autos usw.

Auch das, was man heute Junkfood nennt: Hamburger, Pommes frites, Milkshakes, Drive-ins, Essen zum Mitnehmen, auch das war neu für mich. Und am Anfang fand ich einfach alles viel toller, viel besser als zu Hause.

Aber wie das so ist, auch daran gewöhnt man sich.

Das Besondere aber war die Schule, die Highschool, an der ich nochmals maturiert und mit meinem Schauspielstudium begonnen habe.

Meine Klasse war bunt gemischt.

Überhaupt schien mir, als wäre mindestens ein Vertreter von allen Völkern dieser Erde in meiner Schule. Ich fand das spannend und fühlte mich sehr wohl. Der Rassismus hatte damals den Mittelwesten noch nicht erreicht. Noch nicht!

Im Gegenteil: In Zeiten der Sklaverei hatten viele Menschen in Michigan flüchtende Sklaven aus den Südstaaten auf dem Weg nach Kanada, in die Freiheit, vor ihren Verfolgern versteckt. In manchen Häusern gibt es noch heute geheime Verstecke hinter einer Wand oder Schlupfwinkel im Keller oder auf dem Dachboden.

Hab ich selbst gesehen.

Ich hab das Jahr sehr genossen, auch deshalb, weil ich ja so etwas wie ein Star in der kleinen Community gewesen bin. Ich war die erste Ausländerin aus Europa in dieser Kleinstadt. Die gesamte Gemeinde hatte sich dafür stark gemacht, auch finanziell, um eine europäische Austauschstudentin zu bekommen, und so war ich auch seitens des AFS dazu angehalten, der lokalen Zeitung Interviews zu geben und Vorträge zu halten. Zum Beispiel in Schulen, im Diners Club oder in Vereinen, wie den Kiwanis, und im benachbarten College.

Die Aufgabe war klar: Schilderungen aus meinem Alltagsleben im Speziellen und aus dem

Leben in Österreich im Allgemeinen. Diese Auftritte haben mir großen Spaß gemacht, weil ich Publikum einfach strahlenförmig liebe, seit ich mit fünf Jahren zum ersten Mal Theater gespielt habe.

Privat war ich auch ganz lustig unterwegs. War immer wieder zu Barbecues am Wochenende bei meinen Freundinnen eingeladen, bin auf Partys gegangen, habe Wasserskifahren gelernt und mich verliebt!

In den Basketballstar der Schule. Zwei Jahre jünger als ich. Anlass zu heftigem Kleinstadt-Getuschel, weil Achtzehnjährige mit Sechzehnjährigem ...

O.k., damals halt ein Thema. Mittlerweile für mich schon lang nicht mehr. Mann darf sogar mehr als nur zwei Jahre jünger sein!

Der Abschied von meiner Gastfamilie und von meinen Freunden am Ende meines Austauschjahres fiel mir nicht leicht. Wusste ich doch nicht, wann und ob ich alle jemals wiedersehen würde. Besonders tränenreich war der Abschied von meinem Boyfriend.

Wir waren über viele Monate ein Paar, waren sehr verliebt und hatten viel Spaß miteinander. Wohlgemerkt: Spaß und sonst nichts! Als Lichtblick am Horizont planten wir ein Wiedersehen in Wien. Letzten Endes kam alles anders.

Nach einem Unfall landete er im Rollstuhl, querschnittgelähmt.

Aber das wusste ich natürlich damals noch nicht.

Zum Abschluss des Jahres trafen sich alle Austauschstudenten aus der ganzen Welt „on the green of the White House“ in Washington D.C. und so machte ich mich auf den Weg dorthin.

Die Flagge des jeweiligen Landes auf dem Rasen vor dem Weißen Haus war Treffpunkt für uns alle. Wir aus Österreich waren nur ein kleines Grüppchen bei unserer rot-weiß-roten Fahne.

Und dann erschien J. F. Kennedy auf der Terrasse und hielt eine Rede an uns! Und wir, vor allem die weiblichen Teenager, zerflossen.

Das war 1962.

Ein Jahr später wurde der 35. Präsident der USA ermordet. Der vierte in der Geschichte des Landes.

Ich glaube, fast jeder Mensch kann sich noch erinnern, wo er am 22. November 1963 gewesen ist.

Ich habe in dem Jahr in Amerika sehr viel über mich selbst gelernt. Ich habe eine besondere Empathie für andere Menschen entwickelt. Mein Horizont ist ein anderer geworden. Und noch etwas, das für mich mittlerweile selbstverständlich ist, verdanke ich diesem Aufenthalt: Disziplin.

Es ist ein gewaltiger Unterschied, ob man tagtäglich mit seiner eigenen Familie oder mit einer Gastfamilie lebt. Da muss man sich einfach zusammenreißen. Man lässt sich nicht so einfach gehen wie zu Hause und führt sich auch nicht auf wie ein schlampiger, sturer und frecher Teenager. Ich begann, erwachsen zu werden und für meine Handlungen Verantwortung zu spüren.

Was mich bis heute freut: Mit meiner engsten Freundin aus dieser Zeit habe ich immer noch Kontakt!

Mittlerweile sind wir beide über 70 und sehen einander wenigstens alle zwei Jahre irgendwo auf dieser Welt. Ausgemacht!

Etwas, das mich damals in den USA bei all dem unglaublichen Fortschritt im Vergleich mit Europa ziemlich überraschte: Was Liebe und Sex betraf, war alles noch viel verklemmter als in Österreich. Man fummelte heimlich und ziemlich ungeschickt im Auto oder im Kino rum bis zum „Geht-nicht-Mehr". Petting und Necking!

Bis dahin und nicht weiter. Gesund kann das nicht gewesen sein. Ständig auf tausend und dann Stecker raus.

Und die Erwachsenen haben so getan, als wüssten sie von all dem nichts. Dabei war es in ihrer Jugend noch ärger. Die durften einander vor der Ehe nicht mal anfassen, nicht mal im Dunkeln.

Aber: immer noch besser als im finstersten frühen Mittelalter in Europa, in dem alles Körperliche absolut tabu und auch ziemlich unappetitlich war.

Wie schon erwähnt, gibt es leider hier in Europa in unserer Multikultigesellschaft Familien, denen Herkunft und Tradition vieles verbieten, was für uns selbstverständlich ist. Da ist es zum Beispiel nicht erlaubt, seinen Ehepartner selbst auszusuchen. Vielfach lernen die Betroffenen einander erst nach der Eheschließung kennen.

Eigentlich unvorstellbar.

Logisch, dass da Konflikte vorprogrammiert sind, nachdem die Jugend aus diesen Kreisen sich mittlerweile an uns Mitteleuropäern orientiert und beginnt, sich gegen alte Strukturen aufzulehnen. Schwierig.

Andererseits ist die Freizügigkeit in unserer modernen Gesellschaft, das „Sich-zur-Schau-

Stellen“ um jeden Preis, ein anderes Extrem, das gewöhnungsbedürftig ist.

So sind zum Beispiel wassermelonengroße Silikonbrüste, nahezu unbedeckt, in einer ganz normalen Fernsehsendung wie DSDS auf RTL also nicht auf dem Porno-Channel, keine Aufreger, sondern eher „Erstauner“.

Alles ist möglich!

Trotzdem: immer noch besser als militante Computerspiele, rohe Gewalt, grausliche Morde und Verstümmelungen, präzise geschildert in diversen TV-Serien und Filmen, als praktische Anleitung zum Nachmachen.

Und so bin ich auch immer wieder erstaunt, wenn vor besonders brutalen Actionfilmen oder Krimis folgendermaßen gewarnt wird:

„Die nachfolgende Sendung ist für Jugendliche unter 16 Jahren nicht geeignet.“

Na und. Wen kümmert's? In Zeiten des Internets, von Cybersex und allem, was es im Netz so gibt, ist das ja wohl nicht ernst zu nehmen, schon gar nicht von den Sechzehnjährigen.

Fällt wieder mal unter Alibihandlung und Political Correctness.

Damit hab ich ja sowieso ein Problem, wie Sie vermutlich schon gemerkt haben.

Das wunderbare Feigenblatt der Political Correctness, hinter dem sich noch dieselben alten Vorurteile verbergen. Das geht mir auf die Nerven. Scheinheiligkeit pur!

Mittlerweile ist Jungfräulichkeit bei uns eigentlich kein großes Thema mehr.

Aber es gibt auch heute noch junge Paare, die sich bis zur Hochzeitsnacht Zeit lassen. Das ist ja auch o.k.

Aber dann wird's ein wenig schräg! Es gibt Paare, die schon ewig miteinander vögeln, aber dann wünscht er sich für die Hochzeitsnacht seine Freundin wieder als Jungfrau. Und sie ist sogar geschmeichelt und lässt das richten. Quasi als Hochzeitsgeschenk. Weil es eh wurscht ist.

In meiner Jugend waren eben Unberührtheit und ungewollte Schwangerschaft die großen

Themen. Heute ist es AIDS, was den Menschen weltweit Angst macht.

Es ist unglaublich, aber wahr! Der südafrikanische Präsident Jacob Zuma hat allen Ernstes in einer öffentlichen Rede behauptet: „Duschen nach dem Sex ist der beste Schutz gegen AIDS."

Damit hat er der Aufklärung über AIDS in seinem Land enormen Schaden zugefügt.

Mal abgesehen von dem ungeheuerlichen Blödsinn: Wie zynisch ist denn das! Hat denn jeder Südafrikaner auch in den Townships sein eigenes Badezimmer?

Weltweit steigt die Zahl der HIV-Infektionen und ist AIDS auf dem Vormarsch! Ich glaube, dass die lebensverlängernden Medikamente dazu beitragen, dass die Menschen leichtsinniger geworden sind.

Hier bei uns in Österreich kämpft Gery Keszler mit seinem Team seit Jahrzehnten gegen die verheerende Krankheit.

Die Einnahmen des Life Balls, dieses weltweit einzigartigen Events, kommen zahlreichen Projekten im Kampf gegen Aids zugute und bewegen sich mittlerweile in Millionenhöhe.

Ich war und bin jederzeit gern bereit, meinen alten Freund Gery zu unterstützen. 1992 war ich die Erste, die er angerufen hat, um zu fragen, ob ich beim ersten Life Ball mitmache, und ich hab sofort zugesagt.

Was im kleinen Kreis mit etwa 300 Gästen begonnen hat, ist heute ein Megaevent.

Jedes Jahr ist hochkarätige Prominenz unterstützend dabei.

Vor einigen Jahren, beim Lifeball 2011, stand ich als Päpstin hoch über den Köpfen der Menschen auf dem Rathausplatz, unterhalb der Rathausuhr, auf einem kleinen Brett, das an vier Seilen hing. Ich war mit einem Karabiner an einer Art Fallschirmgurt unter meinem Kostüm gesichert. Trotzdem bin ich vor lauter Höhenangst fast gestorben.

Aber wenn es um eine so wichtige Sache wie den Kampf gegen AIDS geht, nehme ich jede Mühe und Anstrengung gern auf mich.

Und so stand ich in etwa 50 Metern Höhe auf einem schaukelnden Brett, mit einem engen römischen Brustpanzer und mit einer schweren Tiara auf dem Kopf, um eine Rede zu halten. Als ich damit begann, wurde es still auf dem Rathausplatz, nachdem mich plötzlich die Menschen unten auf dem Platz hoch oben auf meinem Brett entdeckt hatten. Vermutlich befürchteten sie, ich würde ihnen auf den Kopf fallen!

Und so begann ich mit zittrigen Knien mit meiner Rede, meiner Botschaft:

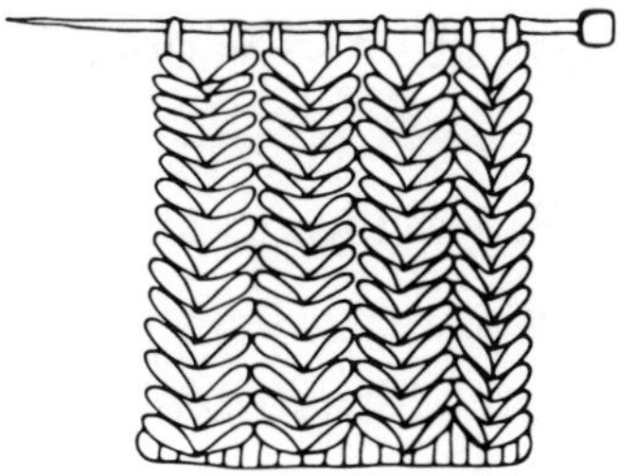

„Einen wunderschönen guten Abend,
verehrte Damen und Herren, Brüder und
Schwestern!
Hier das Programm der heutigen Nacht,
des morgigen Tages und das Programm
unseres Lebens.

URBI ET ORBI – der Stadt und der Welt
sei es verkündet:

Gehet hin und verehret euch.
Die Vernunft belehre euch.
Schützet das Leben.
Glaubt an ein Leben VOR dem Tod.

URBI ET ORBI – Wien und der Welt
sei es verkündet:
Es schütze den Nächsten ein
wachsamer Geist –
dann schützt Gott auch die Liebenden.
EGO TE ABSOLVO!

www.lifeball.org

In meiner Jugend, als man von AIDS noch nichts wusste, da war, wie gesagt, die ungewollte Schwangerschaft das große Thema. Schande pur. Uneheliches Kind? Geht gar nicht. Die Pille gab's ja damals noch nicht. Und Kondome? Darüber hat man ja nicht wirklich gesprochen.

Als Kind hatte ich natürlich keine Ahnung, was das war, als ich so ein Kondom in einem Ladl im Schlafzimmer meiner Eltern gefunden habe.

Da war ich etwa sieben!

Hab mir nur gedacht: Jöh, ein Luftballon!

Ich habe versucht, das Ding aufzublasen, ging aber nicht. Also hab ich es mit Wasser gefüllt, bis es ein Ballon war. Und beim Einkaufen mit meiner Mutter hab ich die Leute damit angespritzt. Meine Mutter ist fast gestorben, hat sich furchtbar aufgeregt, mir aber nicht sagen wollen, was dieses Ding eigentlich war, und ich hab wieder einmal eine xunde Watschen bekommen.

Alles, was mit Liebe und vor allem Sex zu tun hatte, war verboten und angeblich sowieso grauslich.

Ein Wunder, dass ich nicht im Kloster gelandet bin oder eine lebenslange Abscheu vor Männern entwickelt habe.

Ganz im Gegenteil: Ich habe, zum Glück für mich, entdeckt, dass Liebe und Sex durchaus nicht grauslich sind, sondern etwas Wunderbares. Und das verdanke ich besonders zauberhaften und einfühlsamen Männern bei meinem Eintritt in die Welt der Liebe. Und nachdem ich kein Kind von Traurigkeit war und bin, außerdem auch neugierig, habe ich auch in der Folge nichts ausgelassen ...

Eine Freundin hat mir mal ein Lebkuchenherz geschenkt. Auf dem steht: „Wilde Maus".

Lang bevor Josef Hader seinen Film so nannte. Hängt in meinem Büro. Witzig!

Ja, ich ließ nichts anbrennen, aber ohne Verliebtheit, vielleicht auch nur kurzfristig, lief bei mir gar nichts.

Mittlerweile gibt es nicht nur junge, moderne Mädels, die Sex auch ohne Liebe genießen.

Find ich gut! Denn das war ja lange Zeit in unserer Gesellschaft nur Männern vorbehalten. Eine Frau, die sich das früher auch gönnte, wurde als Schlampe oder männermordender Vamp abgestempelt.

Die Zeiten haben sich auch diesbezüglich erfreulicherweise geändert.

Schade, dass ich damals nicht so gepolt war. Ich hätte mir in meinem Leben so manchen Liebeskummer erspart.

Jeder Mensch ist eben einzigartig in allem, was er tut, wie er liebt und wie er lebt.

Wie zum Beispiel meine Irmi! Sie hat ein ganz anderes Leben gewählt als ich. Während ich noch in Wien mit meinen Gagen als Model mein Schauspielstudium finanziert habe, bevor ich in die USA ging, hat Irmi Germanistik studiert.

Dabei hat sie ihren Mann kennengelernt, dann geheiratet und ihre zwei Kinder bekommen: Thomas und Susanne.

Ich aber habe nach meiner Rückkehr aus den USA mein Schauspielstudium beendet, bin aber dann noch eine Weile als Model über den Globus gerast. Es war für mich doch zu verlockend, die ganze Welt zu sehen und dabei auch noch Geld zu verdienen.

In dieser Zeit, mit Wohnungen in Zürich, Düsseldorf und Paris, hatte ich relativ wenig persönlichen Kontakt mit Irmi. Halt immer nur brieflich oder mit einem kurzen Telefonat.

Zwei sehr verschiedene Leben, die uns aber nicht auseinanderbrachten.

Einmal bin ich, als Überraschung, zu einem runden Geburtstag von Irmi von Zürich nach Wien geflogen.

Ich war noch immer mit meinem komplizierten Mädchennamen, Keprda, unterwegs und hatte bei der Swiss Air telefonisch ein Ticket für meinen Flug bestellt, als Chris Keprda.

Die Lady am Telefon hatte mich natürlich nicht sofort verstanden und gesagt:

„Exküsi, tut mir leid, abr könnte Sie das bitte nochmals wiederhole? Ich habe Sie akustisch nicht verstanden."

„K e p r d a."

Noch ein Versuch.

Wieder nichts.

„Tuat mir leid, wir isch doch no mal der Name gsi?"

Also hab ich ihn halt buchstabiert, so wie ich das ohnehin gewohnt war:

„Karl Emil Paula Richard Dora Anna."

„Oha, das isch ja ne Gruppe. Sie bruchet also einen Flug von Züri nach Wian für sachs Persone?"

Irmi hat sich über die Überraschung sehr gefreut und sich über diese Episode krumm gelacht.

Während in Paris im Mai 68 nicht nur die Fetzen flogen, sondern auch Pflastersteine, Autos brannten, Studentenproteste an der Tagesordnung waren und die Polizei mit der aufgebrachten Menge nicht gerade zimperlich umging, während die Auflehnung gegen das Establishment einen wochenlangen Generalstreik in Frankreich auslöste, musste sich Irmi in Wien um die Erziehung ihrer Kinder kümmern.

https://de.wikipedia.org/wiki/Mai_1968

Während ich im Rahmen der sexuellen Revolution vorübergehend zum Hippiemädchen mutierte, das Leben und die Liebe genoss, gründete in Österreich der Aktionskünstler Otto Mühl Anfang der 70er Jahre eine Kommune, in der die Kleinfamilie abgeschafft wurde und in der höchst umstrittene sexuelle Praktiken an der Tagesordnung waren, für die Mühl schließlich im Gefängnis landete.

https://de.wikipedia.org/wiki/Otto_Muehl

Revolutionen, Aufstände und Proteste wird es immer wieder geben. Weil wir Menschen unzulänglich, schwach und nicht perfekt sind. So ist das Leben. Auf Aktion folgt Reaktion. Auf Unterdrückung Befreiung, auf unbedingten Gehorsam Ungehorsam usw. Zu jeder Zeit, in jeder Ära. Immer wieder.

Ich stelle mir gern vor, dass wir angelegt sind wie eine Klaviatur. Mit weißen und schwarzen Tasten. Und je nachdem, welche Tasten zum Klingen gebracht werden, so tönt es aus uns heraus. Ich glaube, deshalb mögen wir auch jene Menschen nicht, die uns Misstöne entlocken, sprich, unsere schlechtesten Eigenschaften wecken.

Aber eines steht für mich fest: Es war früher nicht alles viel besser und jetzt ist nicht alles viel schlimmer. Die gute alte Zeit gibt es nicht.

Hätten Sie gern im frühen Mittelalter gelebt oder zur Zeit der Hunnen? Als Frau. Nein, danke.

Tatsache: Es war früher viel schlimmer. Wir haben die grauslichen Dinge nur nicht so rasch wie heute oder gar nicht erfahren. Heute bekommen wir alle bad News von den entlegensten Winkeln dieser Welt in Sekundenschnelle auf unser Smartphone. Katastrophen in Brieftaschenformat.

In der Handtasche. Abzurufen zu jeder Zeit und überall. Das ist beängstigend und macht Stress.

Uns allen hier in Europa ist es noch nie so gut gegangen wie in den letzten 70 Jahren. Ich weiß das, weil ich es selbst erlebt habe.

Und dazu stellte sich noch für uns Junge in den 60er Jahren ein durch und durch neues Lebensgefühl ein. Nach kaum mehr als zehn Jahren, nachdem man mir als jungem Mädchen Liebe und Sex vermiest, mir gedroht hatte und alles verboten worden war, was damit zu tun hatte, waren Prüderie und falsche Scham Geschichte. Jeder mit jedem im Bett, wenn's gepasst hat, und Schwule und Lesben konnten sich sehr, sehr langsam zu ihrer Sexualität bekennen.

Ich freute mich über die neue Zeit, über das neue Lebensgefühl!

Ich war politisch durchaus interessiert, genoss aber auch gutes Geld für meine Arbeit als Model. Ich war nicht nur, aber aus gutem Grund mit meinem Aussehen und meinem Gewicht beschäftigt, weil das ja damals die Basis meiner Arbeit war.

Dünn zu sein war eine der wichtigen Voraussetzungen für den Job, allerdings gegen das, was heute läuft, waren wir Models damals ja nahezu dicke „Blunzn" mit Größe 36.

Ich erinnere mich gut an so manche Diät, die ich als Model in Zürich, im Kollektiv, ausprobiert habe.

Schon damals hieß es: abends keine Kohlehydrate. Aber wissen die Kohlehydrate denn eigentlich, wie spät es ist?

Besonders gewöhnungsbedürftig war die sogenannte „Leber-Diät": fast rohe Leber, also nur leicht angebraten, und sonst nix außer Wasser den ganzen Tag, eine Woche lang. Jede, die da mitgemacht hat, war leicht auszumachen: am Raubtierodem.

Es war auch der Beginn des Drogenkonsums, vor allem in der Modebranche. Halluzinogene Pilze, Heroin, Kokain, fifity Shades of Schnee und LSD. Das alles gab es, aber ich hab das ausgelassen! Ich habe die kleinen Tütchen bevorzugt, die viele von uns gelegentlich geraucht haben, und Appetitzügler. Menocil hieß das Zeug, das wir uns immer irgendwie beschaffen konnten. Man redete nach der Einnahme irrsinnig viel, konnte kaum schlafen, hatte dafür aber keinen Hunger.

Lang hab ich das Zeug nicht genommen, aber ausprobiert schon. Ich war halt immer schon ein neugieriges Wesen. Nur die Kontrolle über mein Hirn wollte und will ich nie verlieren. Das ist ja etwas, was ich mir bis zu meinem Tod wünsche: Selbstbestimmung!

Damals in Paris, bevor es besonders krass wurde, verbrachte ich eine wunderbare Zeit mit meinen neuen Freunden. Ich teilte mir für eine Weile eine Wohnung mit einem Paar, einem Fotografen und einer Stylistin. Meine erste und einzige WG.

Außer uns dreien gab es noch die Katze Minouche und den Beo Hippie. Dieser lustige schwarze Vogel mit dem orangen Schnabel war ein echter Knüller. Er machte jedes Geräusch nach und pfiff am Abend die Marseillaise, nachdem der Fernseher abgeschaltet worden war. Seine Stimme war ziemlich laut und wenn untertags die Balkontüre offen war, konnte ich ihn auf meinem Heimweg schon von weitem hören. Alle anderen im Haus auch ...

Er wurde sehr geliebt, auch von Minouche, die ihn zum Fressen gern hatte. Ist ihr aber nie gelungen.

Paris war schon sehr speziell, wenn auch mein Aufenthalt nicht so lang gedauert hat, wie ich es geplant hatte.

Freunde habe ich dort noch immer und besuche sie auch gelegentlich.

Als es 68 in Paris immer ärger wurde, flüchtete ich mit meinen Freunden nach Zürich. Nachdem die wenigen Tankstellen, die noch offen hatten, nur einen Liter Benzin pro Auto abgaben, saugten meine Freunde aus ihren Tanks das Benzin für meinen Tank ab, und los ging's Richtung Schweiz.

Ich weiß nicht mehr, wie viele in meinem kleinen Austin 1100 Platz hatten, aber an Minouche kann ich mich noch gut erinnern. Sie hat uns immer wieder etwas vorgemaunzt. Hippie blieb in Paris bei einer guten Freundin und hatte hoffentlich viel Spaß.

Ich glaube, wir haben damals zwölf Stunden bis zur Grenze bei Basel gebraucht. Denn immer wenn es bergab ging, stellte ich den Motor ab und rollte im Leerlauf den Hügel runter, um danach den Motor wieder anzustellen. Das war unbedingt nötig, um Sprit zu sparen, da ja außerhalb von Paris auf dem Weg nach Basel überhaupt kein Tropfen Benzin zu bekommen war.

Eine wilde Zeit!

Im Sommer 67, bevor das alles passierte, flog ich wieder mal von Paris nach Wien. Im Hochsommer war ja damals in meiner Branche nicht viel los und ich verbrachte gern einige Zeit zu Hause. Kaum in Wien angekommen, machte ich immer als Erstes einen Spaziergang über die Kärntner Straße. In die Innenstadt.

Für mich als Wienerin das wunderschöne Herz meiner Stadt! Der Rest war damals finster, alles grau in grau, auch die Menschen. Das lässt sich meiner Meinung nach leicht erklären. Wien war damals die letzte westliche Stadt im Osten. Wenige Kilometer hinter Wien begann der Eiserne Vorhang. Es gab also kein Hinterland und Österreich befand sich am Rand des freien Europa. Manchmal hab ich geglaubt, ich sei irrtümlich im Ostblock gelandet, weil alles so finster war.

Gott sei Dank hat sich das längst geändert und Wien ist in Sachen Lebensqualität eine der beliebtesten Städte Europas geworden.

Wie gesagt, im Sommer 67 war ich wieder einmal in Wien und spazierte über die Kärntner Straße, hochmodisch im Minirock, total angesagt in London und Paris. Nur in Österreich nicht!

Knapp vor dem Stephansplatz stand links ein Gerüst vor einem Haus. Und plötzlich, quasi aus heiterem Himmel, rustikales Gebrüll und Gelächter von oben. Angesichts meines Minis ein deftiger Kommentar der Bauarbeiter:

„Heast Puppe, steig da ned auf dein Pullowa!"

Und eine alte Dame, die mir entgegenkam, schaute mich bös an, musterte mich von oben bis unten, schüttelte den Kopf und machte dann ihrem Unmut Luft: „Ausgschamts Mensch, ausgschamts! (Unverschämt, durchtrieben, schamlos.)

Wienerisch ist halt wirklich cool.

http://www.oesterreichisch.net/

Heute hätte die Lady wahrscheinlich ein Smartphone vorm Gesicht und würde mich gar nicht bemerken.

Und ein Minirock ist heute sowieso keine Sensation.

Aber damals schon, als ich meine Freundin Irmi in der Aida am Stephansplatz traf.

Sie war sofort begeistert:

„Wow! Super! Das schaut ja toll aus. Du, sobald ich zu Haus bin, schneid ich meine langen Röcke ab."

Ich sagte zu ihr:

„Lass das lieber. Bis sich der Mini in Österreich rumgesprochen hat, ist er längst out und alle tragen Maxi. Ist ja immer so. Nach kurz kommt lang, nach eng kommt weit, so läuft das in der Modebranche. So rollt der Rubel. Denn man muss sich eben neue Sachen kaufen, wenn man hip sein will!

Du kannst ja den Mini nicht auf Maxi anstückeln. Weißt du was, Ich schenk dir einen von mir."

Irmis Mutter hat sich furchtbar bei mir aufgeregt, nachdem sie ihre Tochter im Mini gesehen hat:

„So ein kurzer Kittel! Und das in ihrem Alter!"

Ich hab nur gesagt: „Was heißt in ihrem Alter? Beim Mini kommt es nicht auf das Alter an, sondern auf die Beine. Und Irmi hat schöne Beine. Die kann sie ruhig herzeigen. Und nebenbei bemerkt: Schau dich mal um. Es gibt ganz junge Madln mit dicken Wadln. Die sollten wirklich lieber die Finger davon lassen."

Gut, heute ist das wurscht. Zieht man sich halt Leggings drunter an und geht schon. Heute geht eh alles. Alles ist möglich!

Nach dem 68er-Wahnsinn und meiner Flucht aus Paris verlagerte sich mein Arbeitsmittelpunkt dann mehr nach Zürich und Düsseldorf. Vor allem Düsseldorf mit den renommiertesten Werbeagenturen war ein guter Platz für mich als Model und Schauspielerin. Konnte ich doch mit Lust und Wonne auch für Werbespots in die verschiedensten Rollen schlüpfen. Und in einem dieser Spots entdeckte mich der österreichische Regisseur Georg Lhotsky („Moos auf den Steinen") und holte mich für den ORF-Fernsehkrimi „Einfacher Doppelmord" nach Wien. Meine Rolle: eine drogensüchtige Tochter aus gutem Haus .... Das und noch viel mehr finden Sie in meinem Lebenslauf auf meiner Website!

www.chrislohner.com

Wie in jeder Stadt, in der ich gelebt habe, hatte ich auch bald in Düsseldorf sehr liebe Freunde. Ähnlich wie in Paris, wurde ich auch in Düsseldorf in einer Clique herzlich aufgenommen. Mit meiner neuen Freundin, einer Wienerin, verstand ich mich besonders gut. Ein hochbegabtes Mäde! Wie sehr habe ich ihr Zeichentalent bewundert. Und in ihre kleine Tochter war ich total verliebt.

Meine Freundin ist immer noch als erfolgreiche Kostümbildnerin in Deutschland unterwegs und dank Internet haben wir jetzt wieder mehr Kontakt.

Mit 29 Jahren habe ich beschlossen, mit 30 nicht mehr vor der Kamera zu stehen.

Mein Entschluss, als Model aufzuhören, ist mir schon wegen meiner Freunde in ganz Europa nicht leichtgefallen.

Und so habe ich meine Wohnungen aufgegeben und bin nach Wien übersiedelt.

Es gibt viele Städte, die ich sehr mag, wie Chicago, London, Berlin, Rom und Zürich. Aber Wien ist mir zum Leben am liebsten. Trotzdem bin ich aber ein Reisefroh geblieben. Wenn ich einige Zeit in Wien bin, will ich auch wieder mal weg. Es gibt noch so viele Plätze auf dieser Welt, die ich besuchen möchte, obwohl ich schon sehr viel gesehen habe. Länder, die niemand mehr so erleben wird wie ich damals. Zum Beispiel den Jemen. Ein wunderschönes Land, dessen Weltkulturerbe mittlerweile schon halb zerstört ist. Oder den Libanon mit seiner Hauptstadt Beirut, einst „Paris des Nahen Ostens" genannt! Handels- und Vergnügungszentrum, mit einem weltberühmten prachtvollen Casino und berühmten Luxushotels. Das einzige Land, in dem man am Vormittag Ski fahren kann und am Nachmittag im Meer schwimmen. Ich könnte die Liste beliebig fortsetzen, mit Syrien als traurigem Schlusspunkt.

Aber die Welt ist nicht nur schwarz und weiß! Dazwischen gibt es die wundervollsten Schattierungen aller Art, die mein Gemüt bewegen.

Seit meiner Tätigkeit als Botschafterin von „Licht für die Welt" bin ich auch immer wieder in Afrika, in den verschiedensten Ländern dieses zweitgrößten Kontinents. Dreimal größer als Europa! Hier habe ich erlebt, wie fröhlich und entspannt Menschen sein können, die mitunter nichts anderes besitzen als das, was sie anhaben. Das macht mich demütig, aber auch zornig, wenn ich an das Luxusgeraunze bei uns denke.

Herzensbildung ist ein Geschenk an wahrhaft Reisende.

Wien ist der Platz, an dem ich auftanke, um wieder mit voller Energie loszulegen.

Ja, ich bin eine begeisterte, allerdings aber auch eine kritische Wienerin, wenn's um meine Stadt geht. Seit ich wieder in Wien lebe, bin ich auch immer wieder sehr ungehalten, wenn ich mitanschauen muss, wie man meine Stadt da und dort verschandelt. Noch dazu mit meinen Steuern! Aus Profilierungssucht und Geltungsdrang – oder wie soll ich das Unvermögen sonst verstehen? Das ärgert sicherlich nicht nur mich.

Als ich mich von der Modelwelt verabschiedete, gab es großes Bedauern von Fotografen und Werbeleuten. Wie schön. Tat echt gut.

„To die in beauty" ist ja unter anderem auch ein Motto von mir. Es geht nichts über einen guten Abgang, finde ich.

So bleibt man auch in guter Erinnerung.

Allerdings von wegen Nicht-mehr-vor-der-Kamera-Stehen! Genau das tat ich ja wieder, als Fernsehsprecherin. Der Plan: nur kurz, bis ich ein Engagement in einem Theater bekomme.

Der Rest ist Geschichte.

Ich war 30 Jahre lang das Gesicht des ORF, aber nicht nur als Fernsehsprecherin. Ich konnte mich als Komödiantin in zahlreichen Produktionen austoben, Nachrichten verkünden, Shows moderieren usw. Auch im Radio hatte ich meinen Platz bei Ö3, mit den nettesten und lustigsten Kollegen, die man sich nur vorstellen kann.

Es gab ja in Österreich früher nur den ORF und private Sender, auch europaweit, waren noch nicht in Sicht. Logisch, dass mich bald jeder kannte, nachdem ich doch fast täglich in den Wohnzimmern oder Schlafzimmern der Nation zu Hause war.

Und so gab es neben dem Fernsehen immer recht interessante Angebote für Galas, kleine Film- und Theaterrollen und auch für mein erstes Kabarett mit Peter Lodynski: „Ein flotter Zweier“.

Es war wunderbar! Eine tolle Zeit.

Meine sogenannte Sesshaftigkeit in Wien machte es mir möglich, mir endlich auch einen Herzenswunsch zu erfüllen: Ich wollte schon immer einen Hund. Als Kind war das nicht möglich, weil in dem Haus, in dem wir wohnten, Haustiere verboten waren.

Und als Model war ich so viel unterwegs, dass ich das einem Tier nicht antun wollte, ständig überallhin mitgeschleppt zu werden.

Ich wollte unbedingt einen Terrier und davon gibt es ja einige „Sorten“. Es wurde ein Yorkshireterrier.

Ich habe ihn Henry getauft. Ein sehr kapriziöses Geschöpf. Außer von mir ließ er sich von niemand anfassen und falls es doch jemand tat, biss er zu. Meine Warnungen, ihn in Ruhe zu lassen, haben nie wirklich gegriffen und wurden ignoriert.

Standardantwort: „Mich hat noch nie ein Hunderl gebissen.“

Alles im Leben passiert irgendwann zum ersten Mal ...

Was ich auch nicht schätze und junge Mütter schon gar nicht: wenn fremde Menschen von oben in Kinderwagen eintauchen und aus Begeisterung für das fremde Kind seltsame Laute von sich geben. Dann würde ich mir wünschen, dass das goldige Baby auch schon ganz scharfe Zähne hätte wie mein Henry.

Nach fast 15 Jahren musste ich mich schweren Herzens von Henry verabschieden!

Nach meiner Trauer um ihn entdeckte ich zufällig nach einem Jahr in einem Werbespot der BBC einen Terrier, in den ich mich sofort verliebte. Ich musste unbedingt herausfinden, was das denn für ein Typ war: Es war ein Cairnterrier.

Und so einen wollte ich haben.

www.cairnterrier.com

In Österreich gab es damals keine Züchter für diese Rasse, aber nach einigen Recherchen fand ich eine Züchterin in Holland.

Sie hieß Anni.

„Ja, komm nur, ich habe gerade einige Welpen im richtigen Alter."

Aufgeregt und erwartungsvoll flog ich nach Düsseldorf und fuhr dann weiter mit der Bahn in ein kleines Dorf an der deutsch-holländischen Grenze.

An Ort und Stelle angelangt, wusste ich sofort: Hier war ich richtig! Hundegebell in jeder Tonlage schallte mir entgegen.

Und ich sollte in Kürze strahlende Besitzerin eines kleinen Cairn-Buben sein! Anni, die Züchterin, führte mich in das „Cairn-Zimmer", in dem sich etwa 29 Cairns tummelten, Purzelbäume schlugen und geschäftig hin und her rannten.

Mitten unter den „Erwachsenen" kugelten die Kleinen herum, wurden hie und da von den Oldies zur Ordnung gerufen, aber auch liebkost. Der Frechste von allen, der immer wieder kleine Rempler einstecken musste, das war – wie sich sehr bald herausstellte – „meiner": Stanley von Lochnagar.

Anni machte uns miteinander bekannt und wir beide „beschnupperten" uns gegenseitig zum ersten Mal. Ich weiß natürlich nicht, was sich Stanley dachte, aber ich fand ihn entzückend. Vielleicht ein wenig zu dick und irgendwie passten Kopf und Körper noch nicht so ganz zusammen. Aber am Beispiel seiner Eltern konnte ich schon sehen, was mal aus ihm werden würde.

Er ist dann noch viel hübscher geworden als die beiden. Eh klar!

Nach Tee und Kuchen und einigen wichtigen Informationen erklärte sich Anni bereit, mich mit ihrem Auto nach Düsseldorf zum Flughafen zu bringen. Stanley hatte ich in Wien bereits für den Rückflug angemeldet. Die ganze Portion Hund, etwa ein halbes Kilo, saß während der Autofahrt auf meinen Knien und verhielt sich mustergültig. Wir passierten die Grenze – damals gab es noch keine EU –, erreichten rechtzeitig den Flughafen, ich stieg mit Stanley unterm Arm aus, winkte Anni noch zum Abschied zu und ging zum Check-in.

Als „wir" an der Reihe waren und ich mein Ticket, das ich in meinen Pass gesteckt hatte, aus der Handtasche holen wollte, war es nicht mehr da! Shit! Pass und Ticket waren auf dem Weg zurück nach Holland! Ich hatte alles einfach an der Grenze in das Seitenfach von Annis Autotür gesteckt und dort war es immer noch.

Jetzt hieß es, kühlen Kopf bewahren! Hatte ich doch am nächsten Tag Abenddienst im ORF und konnte es mir nicht leisten, nicht zu erscheinen.

Also, auf zur Flughafenpolizei, um irgendwie durch die Passkontrolle zu kommen.

Da stand ich also mit meinem kleinen Hund vor drei Polizisten und schilderte ihnen verzweifelt mein Problem.

Mit todernster Miene betrachteten sie mich und Stanley und fragten mich, was das auf meinem Arm denn sei. Auf meine Antwort „Das ist ein Cairnterrier" konnten sie sich vor Lachen kaum einkriegen, auch glaubte ich, das Wort: „Kampfhamster" gehört zu haben.

Aber dann teilten sie mir mit ernsten Gesichtern mit, dass ich eben warten müsse, bis meine holländische Freundin wieder zurückkäme.

„Das geht nicht. Sie können es nicht wissen, aber ich bin Fernsehsprecherin beim ORF und muss einfach jetzt zurück nach Wien, weil ich morgen Dienst habe und meinen Job nicht verlieren möchte. Bitte, ich brauche Ihre Hilfe, bitte!"

Nach einer kurzen Schweigeminute ging ein breites Grinsen über die Gesichter der drei Gesetzeshüter und der mittlere sagte zu mir:

„Jetzt regen Sie sich mal nicht auf, Frau Lohner! Wir kennen Sie ja aus der Fernsehserie ‚Kottan'. Wir lassen Sie schon ausreisen und in Wien wird man Sie ja wohl reinlassen. Also, nehmen Sie Ihren kleinen Hund und schauen Sie, dass Sie das Flugzeug noch erwischen. Um den Rest kümmern wir uns. Allerdings nur unter der Bedingung, dass Sie uns ein Foto von Stanley schicken."

Ich musste ein neues Ticket lösen und erreichte in letzter Minute mit Stanley das Flugzeug. Dieser kleine Hund war die Ruhe selbst und nichts von meiner Aufregung hatte sich auf ihn übertragen. Offenbar hatte ich ein sehr ausgeglichenes Exemplar erwischt! Auch die Tatsache, dass er der absolute Star des Fluges war, schien ihm egal zu sein. Jeder Passagier kam kurz vorbei, um den „herzigen" kleinen Hund zu besichtigen.

Ich denke, die Maschine hing aufgrund der einseitigen Belastung gelegentlich recht schief in der Luft.

Endlich in Wien angelangt, ließ man mich und Stanley ungehindert einreisen. Das wäre heute unvorstellbar, angesichts des weltweiten Terrors.

Habe danach sofort ein Foto von Stanley nach Düsseldorf geschickt.

Ich nehme an, Stanleys Babyfoto mit besonders lieben Grüßen hing noch sehr lang im Zimmer der Fremdenpolizei.

14 Jahre habe ich mit dem lustigen, freundlichen und sehr selbständigen kleinen Burschen verbracht. Eine reine Freude.

Aber wie das leider so ist mit den geliebten Haustieren: Auch von ihm habe ich mich verabschieden müssen.

Immer dann, wenn man seine Tiere am besten kennt und sie uns auch, müssen sie gehen ...

Danach wollte ich keinen Hund mehr. Der Abschied von meinem zauberhaften, geliebten Wegbegleiter war für mich zu schmerzvoll!

Drei Jahre habe ich durchgehalten und dann hab ich doch wieder zugeschlagen. Und jetzt habe ich ein Cairnterrier-Mädchen namens Shirley.

Es heißt ja unter den Cairn-Fans: einmal Cairn, immer Cairn. Und noch besser als ein Cairn sind zwei!

Alpha-Mädchen Shirley lässt mich bis heute bei sich wohnen. Darüber bin ich sehr froh! Ich hoffe auch, dass es noch lange so bleibt, Shirley ist demnächst neun Jahre alt ...

Übrigens könnte ich auch ein ganzes Buch darüber schreiben, was einem als Hundehalter so alles unterkommt. Vielleicht mach ich das noch mal. Denn nur wer einen Hund hat, der erlebt auch immer wieder ziemlich schräge hundspezifische-Geschichten. Hier jedenfalls eine von vielen skurrilen Geschichten, brandneu!

In einer Schreibpause gehe ich immer gern mit meinem Hund an die frische Luft. So auch vor einigen Stunden.

Übrigens, in Wien ist Leinenpflicht, aber wen kümmert das schon! Ist wie mit dem Handy im Auto telefonieren. Das ist auch nicht erlaubt, aber halt auch so ein „weiches" Gesetz, sag ich mal.

Ich gehe also mit Shirley an der Leine in einen Park bei mir ums Eck. Mir kommt eine Frau mit Hund ohne Leine entgegen.

Meine klassische Anfrage von weitem:

„Ist das ein Mäderl?

„Ja, warum?"

„Na ja, meiner auch! Bitte, vielleicht ist es besser, Sie nehmen Ihren Hund an die Leine, man weiß ja nicht, ob die beiden sich vertragen."

Jeder Hundebesitzer weiß, dass ein Zusammentreffen Mäderl mit Mäderl, Rüde mit Rüde unter Umständen problematisch werden kann. Rauferei!

Natürlich nimmt die Dame den Hund nicht an die Leine.

Hier ihr eigenartiges Argument: „Warum soll ich meinen Hund an die Leine nehmen? Wir sind ja auch zwei Frauen und ich hau Ihnen keine runter."

Es fehlten mir ausnahmsweise die Worte ...

Aber zurück zu meinem Neuanfang in Wien nach Beendigung meiner Modelkarriere.

Als ich schon fast ein Jahr beim ORF war und mit meinem ersten Hund, mit Henry, zusammenlebte, da überredete mich meine ehemalige Modelagentin, noch einmal zu einem Shooting für eine große Werbekampagne für Schurwolle nach Zürich zu kommen.

Angesichts der Supergage hab ich mich nochmals, zum allerletzten Mal, zu einem Shooting entschlossen.

Der Ruf des Geldes war zu verlockend!

Einzige Bedingung: Henry musste mit und ich wollte auch bei meiner Freundin Tessy wohnen, die immer noch als Model arbeitete. Auf nach Zürich für eine ganze Woche. Große Freude!

Tessy hat sich sofort in Henry verliebt und umgekehrt auch. Sie hat er nie gebissen!

Wir verbrachten – neben der Arbeit – recht vergnügte Abende mit viel Getratsche und Gelächter. Aber plötzlich, am dritten Abend, fing Henry ganz fürchterlich zu jammern und zu winseln an. Ich als neue Hundemutter war in großer Sorge, weil ich ja nicht wusste, was los war. Und so rief ich meinen Tierarzt in Wien an. Er wusste sofort Rat: Ein ungarischer Kollege, mit dem er in Wien studiert hatte, war mittlerweile Tierarzt in Zürich.

Was für ein Glück! Ging sofort zu ihm, mit Tessy an meiner Seite und mit Henry auf dem Arm.

Mein Wiener Arzt hatte mich bereits bei seinem Kollegen avisiert und wir drei wurden freundlich in die Ordination gebeten.

Und da stand er. Was für ein Mann! Groß, blond, braungebrannt, wie aus einer Piz-Buin-Werbung. Strahlendes Lächeln, strahlend weiße Zähne.

Der Mann wusste um seine Wirkung, so viel war sicher. Meine Freundin Tessy starrte ihn verzückt an. Ich hatte andere Sorgen.

Nach einem prüfenden Blick in Henrys Maul stand fest: Ein Zahn musste gezogen werden.

Na gut. Dann los!

„Wollen Sie zusehen?"

„Ja, natürlich! Ist ja mein Hund."

„Aber wenn Sie wärden ohnmächtig, Sie, bittä, follen nur in meinä Richtung." (Starker ungarischer Akzent.)

Na gut, auch recht.

Henry bekam eine kurze Narkose, der Zahn wurde gezogen, ich bezahlte die Rechnung und verabschiedete mich. Erleichtert. Nur Tessy stand noch wie angewurzelt da und starrte immer noch verzückt auf den Bilderbuchdoktor.

„Hallo, Tessy, komm schon."

Tessy, mit Sternchen in den Augen und Erotik in der Stimme: „Morgen kauf ich mir ein Meerschwein!"

Ob sie das auch gemacht hat, das hab ich sie nie gefragt.

Einige Jahre später habe ich dann erstmals nach meiner Scheidung wieder mit einem Mann zusammengelebt.

Mit meinem Jamaikaner Lance Lumsden. Und es hat gepasst! Gemeinsame Interessen, viel Neues, was wir beide jeweils vom Kulturkreis des anderen lernen konnten. Spannend! Eine gute Zeit.

Wir waren viel unterwegs, sind beide gern gereist. Mal abgesehen von Jamaika, Frankreich, Spanien und Portugal waren wir auch jedes Jahr mindestens für zwei, drei Tage in Venedig, am liebsten nach dem Karneval, wenn die Stadt wieder aufatmen konnte.

Und das ging am besten mit dem Schlafwagen von Wien aus. Man stieg am Abend, ich weiß nicht mehr genau, wann, in Wien ein und wachte mitten in Venedig auf. Sehr angenehm.

Ein Kuriosum am Rande: Es passiert mir immer wieder mal, dass man mich nach einer Zugauskunft fragt. Zum Beispiel: Wann geht ein Zug nach Osttirol? Muss man da in Villach umsteigen? Und so weiter ....

Ich bin zwar die Stimme der ÖBB seit bald 40 Jahren, aber ich muss den Menschen immer wieder, durchaus freundlich, versichern, dass ich das Kursbuch nicht auswendig kann und mich selbst nach An- und Abfahrten erkundigen muss, wenn ich verreise.

Bei einem dieser Ausflüge nach Venedig war ich, wie immer, die Erste im Schlafwagen Richtung Venezia. Lance kam direkt aus seinem Büro, in letzter Minute. Nichts Neues. Pünktlichkeit war nicht sein Ding. Aber nobody is perfect!

Wieder in Wien, treffe ich zufällig beim ORF auf dem Weg in den Schminkraum meinen damaligen Chef Teddy Podgorski und er sagt zu mir:

„Na, wie war's in Venedig?"

„Ja schön, aber wieso weißt du das?"

„Weil ich auch dort war. Zur selben Zeit. Stell dir vor, wie ich in den Schlafwagen eingestiegen bin, hat der Schlafwagenschaffner zu mir gesagt: ‚Die Lohner wart eh schon.'"

„Wie bitte? Das gibt's ja nicht. Und was hast du gesagt?"

„Ich hab zu ihm gesagt: Danke, aber ich hab mei eigene Katz mit.'"

Die besten Geschichten schreibt das Leben, finden Sie nicht?

So entsteht übrigens ein Gerücht!

Wir alle werden beobachtet, Sie und ich, mehr oder weniger. Wir, die sogenannten „Öffentlichen", halt ein wenig mehr.

Meine Freundin Gerda Rogers, Österreichs Starastrologin, die ja immer wieder mal auf mein kleines Hundemädchen aufpasst, wenn ich keine Zeit habe, kann auch ein Lied davon singen.

Sie wohnt in Baden und dort geht sie natürlich auch mit Shirley spazieren. Und wird dabei beobachtet.

Fast ganz Baden weiß mittlerweile, dass es mein Hund ist. Bis auf einen. Und der geht hin und zeigt Gerda an. Womöglich ist sie ja mit einem unversteuerten Hund unterwegs! Quasi mit einem U-Boot-Terrier. Das geht doch gar nicht.

So sind wir halt, wir Menschen! Unsere Neugier, unsere Sensationslust müssen halt befriedigt werden. Das war schon immer so.

Ich nehm mich davon gar nicht aus. Heute versorgt uns die Yellow Press mit Klatsch und Tratsch. Diverse Society-Formate leben ja davon.

Auch mich amüsiert das und auch ich schaue „Seitenblicke" usw. Die Tratsch- und Klatschmagazine lese ich allerdings am liebsten beim Friseur, während ich mit Henna auf dem Kopf rumsitze. Ist eine ziemliche Prozedur. So ein Magazin ist ja wie ein Bilderbuch für

Erwachsene, anspruchslos und unterhaltsam. Hat man eh gleich wieder vergessen.

Im Mittelalter war es halt der Schausteller, der mit seiner Trommel durch die Städte gezogen ist und alle zusammengetrommelt hat. Trommeln gehört übrigens auch heute noch zum Handwerk. Damals hieß es: „Hier sehen Sie den kleinsten Riesen und den größten Zwerg, die Frau mit Bart und den Mann mit Brüsten."

Also, das regt ja heute keinen mehr auf!

Was uns „aufregt", unsere Neugier befriedigen soll, das wird uns direkt via TV ins Haus geliefert.

Da muss man nicht um den besten Platz in der ersten Reihe kämpfen. Nein. Wir sitzen ja in der ersten Reihe, im gemütlichen Heim, und genießen den Blick durchs Schlüsselloch. Und freuen uns natürlich, dass wir nicht selbst die Peinlichen sind.

Das ist ja eine gute Idee für mein Solo! Genau. Stricken vor dem Fernseher. Das muss ich einbauen. Das kann man ja fast überall, außer in der Badewanne, im Flugzeug und beim Sex.

Auch nicht, wenn man gerade im Internet unterwegs ist, auf Facebook, auf Twitter, Instagram oder wie sie alle heißen, die Social Media. Dort hat jetzt endlich die schweigende Mehrheit eine Plattform, wo sie die Stimme erheben kann, oft unter einem Pseudonym, um die Sau rauszulassen.

Aufmerksamkeit und kritisches Hinterfragen sind im Umgang mit diesen Social Media absolut angebracht!

Genaue Recherche und vielfältige Information sind sehr wichtig. Sonst kann es gefährlich werden. Nicht alles, was man hört und liest, ist auch wahr und ehrlich und anständig.

Aber alles hat ja mindestens zwei Seiten und ich halte das Internet für die genialste technische Errungenschaft des 20. Jahrhunderts. Das Fenster zur Welt! Und wenn man womöglich irgendwann mal nicht mehr aus dem Haus kann, so ist man trotzdem mit der Welt verbunden. Man kann mit Freunden mailen oder skypen und kann vieles übers Netz bestellen. Das ist genial.

Außerdem gibt ja es auch durchaus viel Erfreuliches, Interessantes und Wissenswertes zu entdecken.

Bei meinen Recherchen für mein neues Programm hab ich einen Trend entdeckt, der unser Leben fröhlicher und unsere Städte bunter und friedlicher machen soll:

Das Urbane Stricken.

Das ist mittlerweile eine weltweite Bewegung. Wirklich erstaunlich, was es da alles gibt.

Umstrickte Bäume, Fahrräder, Verkehrsschilder, Mülleimer, Straßenlaternen, Litfaßsäulen und als Höhepunkt der Bewegung: ein umstrickter alter Kampfpanzer vor einem Museum in Augsburg als farbenfrohes Zeichen für den Frieden. Großartig!

Bei Wikipedia heißt es:

„Guerilla Knitting, auch Urban Knitting, Radical Stitching, Yarn Bombing oder gestricktes Graffito, ist eine Form der Streetart, bei der Gegenstände im öffentlichen Raum durch Stricken verändert werden."

Ich hab Irmi davon erzählt und sie hat sofort losgelegt. Aber zuerst nicht sosehr mit Urban Knitting, sondern eher mit Household Knitting.

Es begann in ihrer Wohnung. Alles wurde umstrickt! Türklinken, Bilderrahmen, Sessellehnen, Betthaupt, Klobrille und einige Handtaschen. Und weil dann kaum mehr etwas übrig war, was Irmi hätte umstricken können, hat sie sich in meinem Garten ausgetobt. Jeder Baum bekam eine gestrickte bunte Manschette. Eigentlich ganz schön. Und dann war noch Maxi an der Reihe, Irmis Golden Retriever. Er bekam einen grünen Pullover.

Irmi hat mich angesteckt mit ihrer Wolllust und auch ich habe für Shirley einen Pullover gestrickt. Fällt allerdings auch nicht unter Urbanes Stricken.Gut, zunächst hat Shirley diesen Pullover noch nicht gebraucht, nachdem sie am linken Hinterbein operiert worden war. Für sie musste ich irgendwo einen medizinischen Body mit Beinchen auftreiben, damit sie nicht an der Wunde knabbern konnte und womöglich die Fäden rauszupfte. Hat sie übrigens kurzfristig auch mal versucht.

Wie meistens, bin ich im Internet fündig geworden. Wie mühsam war so etwas früher!

www.vetmedcare.net

www.medpets.de

Auf einer der Webseiten stand, dass man so ein Ding nur in einer Tierklinik kaufen kann, also rief ich in einer Tierklinik an.

„Haben Sie bitte einen medizinischen Body mit Beinchen für einen Hund?"

Der Mann am Telefon:

„Ja, haben wir. Kommen Sie halt vorbei."

O.k. Rase vom Funkhaus nach Hause, hole meinen Hund und rase zur Tierklinik.

Ein älterer Mann begrüßt mich.

„Ich hab vorhin angerufen, wegen Body mit Beinchen für meinen Hund."

Und er? „

Mit Beinchen hamma des net."

„Aber deshalb hab ich ja angerufen! Das war ja meine einzige Frage."

„Na ja, das muss im Gespräch untergegangen sein."

„Tschuldigung, aber so viel Gespräch hatten wir nicht, dass da was untergehen konnte."

Eine Frau kommt aus einem Zimmer, offenbar die Tierärztin, fragt mich, was los sei und mit wem ich denn telefoniert hätte.

„Na mit dem älteren Herrn hier."

„Ui, das ist nicht gut!"

Ich bekomme dann eine Adresse von einer anderen Tierklinik, die solche Dinge ganz bestimmt hat.

Schnappe meine Shirley und fahre wieder mal durch ganz Wien.

Andere Tierklinik. Das Wartezimmer ist dicht besetzt. Jeder hat seinen Liebling mit: Dackel, Dogge, Hase, Katze und sogar einen Papagei. Die Geräuschkulisse ist beachtlich und auch die Gerüche sind ziemlich spannend.

Ich gehe zum Schalter, sag, was ich möchte.

Da sitzt eine junge Frau, offenbar im Dauerstress, mit nervösem Zucken im Gesicht. Kein Wunder bei dem überfüllten Wartesaal, in dem es piepst, keucht, grunzt, wimmert usw.

„Welche Größe?"

„Hier. Für diesen Hund."

Sie gibt mir zwei Anzüge in verschiedenen Größen. Soll ich halt ausprobieren.

O.k. Mach ich zu Hause.

Bevor sie die Rechnung schreibt, sagt sie:

„Wia haßen Sie denn?"

„Lohner."

„Na, ned den Vurnamen, den Familiennamen!"

Ich verdrück mich ganz rasch.

Shirley hat alles gut überstanden.

Ich auch.

Irmi, die in letzter Zeit manchmal ein wenig grantig ist, findet es amüsant, dass ich für meinen Hund etwas gestrickt habe.

„Also machst du jetzt doch ein Programm übers Stricken. Eh gut, gibt es wenigstens was zum Lachen. Bin eh schon ziemlich angefressen."

„Ja, ich bin dran. Mal sehen, was daraus wird. Aber Irmi, was ist los mit dir? So kenn ich dich gar nicht."

„Es ist wegen Karli. Jetzt ist der schon ewig weg und ich hab auch nichts von ihm gehört. Ich glaube, der kommt auch nicht mehr. Ich hätte halt gern wieder einen Mann um mich, mit dem ich etwas unternehmen kann. Oder wenigstens einen kleinen Flirt. So was tut immer gut. Zumindest mir. Jetzt weißt du's."

„Na ja Irmi, das ist in unserem Alter nicht mehr so einfach. Die Interessanten sind verheiratet und die, die zu haben sind, die sind uralt oder unmöglich und die wollen wir nicht. Und die Jungen, die wollen uns nicht! Geh doch mal zur Gerda und frag sie, was deine Sterne sagen und ob sie da etwas sieht."

Irmi hat sich dann mit Gerda einen Termin ausgemacht und zum Glück hat Gerda ihr versichert, dass sie sogar demnächst durchaus etwas sieht! Das hat Irmi wieder aufgerichtet und plötzlich war sie wieder ganz die Alte.

Und eines Tages hat sie mir ganz aufgeregt erzählt, dass sie etwas Besonderes entdeckt hat.

„Stell dir vor, im ältesten Kino von Wien, in den Breitenseer Lichtspielen, gibt es Strickabende an einem bestimmten Wochentag. Da kannst du im leicht erhellten Kinosaal Filme schauen und dabei stricken. Also, zwei Fliegen auf einen Schlag. Super! Dort könnte man sicher mal jemand kennenlernen."

Und Irmi nix wie hin!

www.bsl-wien.at

Eine Woche später hat sie mich angerufen und mir erzählt, dass sie neben einem Supertypen gesessen ist, der auch gestrickt hat.

„Du, der war mit sofort sympathisch. Aber leider hat sich herausgestellt, dass er verheiratet ist. Aber er hat gemeint: ‚Eh wurscht! Daheim läuft schon lang nichts mehr.'"

Nur zwischen Irmi und ihm dann auch nicht, weil er lieber strickt. Das war's dann.

Ich hab zu ihr gesagt:

„Eh besser so. Bekommst ja nur Ärger. Wir leben ja diesbezüglich in einer seltsamen Gesellschaft. Wenn eine verheiratete Frau einen Freund hat, ist sie ein Luder. Wenn aber ein verheirateter Mann eine Freundin hat, dann ist auch sie wieder das Luder! Weil sie den armen Mann verführt hat und er sich ja nicht wehren konnte! Dabei ist es ja der Mann, der seine Frau betrügt. Das entbehrt ja wahrlich jeder Logik. Also, eh besser so für dich."

Durch Irmis Wunsch nach Flirt und Beziehung, ist mir eingefallen, dass ich mal irgendwo gelesen habe, dass es jetzt auch bei uns, so wie in den USA, Kuschelpartys gibt. Wer gerade keinen Partner hat, so wie im Moment Irmi, aber auf Streicheleinheiten nicht verzichten möchte, der kann so eine Kuschelparty besuchen. Da treffen sich wildfremde Menschen, um Zärtlichkeiten auszutauschen.

Da heißt es:

„Der Kuschelabend ist eine wunderbare Möglichkeit, den Alltag hinter sich zu lassen, sich komplett zu entspannen und rundum wohlzufühlen. So sehr jemand auch in seinen Gedanken gefangen sein mag – achtsame Berührung holt uns zurück in unseren Körper und in das unmittelbare Erleben. Wir können glückbringende Drogen in unserem Körper selbst erzeugen. Beim Kuscheln werden im Körper Glückshormone ausgeschüttet und Stresshormone abgebaut. Das Nervensystem kommt in einen Ausgleich und in Entspannung und das Immunsystem wird gestärkt. Das Wichtigste: kein Sex – die Kleidung bleibt an. Der Abend dauert 3 Stunden und kostet € 20,–."

Na ja, das ist ja durchaus günstig, aber ich habe trotzdem Irmi davon nichts erzählt, weil sie mir vermutlich ins Gesicht gesprungen wäre.

Heute ist wirklich alles möglich: One-Night-Stands sind „no problem", ein flotter Dreier ist auch kein Skandal

Eine ganze Industrie beschäftigt sich mit unseren sexuellen Vorlieben und Gewohnheiten. Da gibt es Dildos und lustiges Sexspielzeug in allen Farben und Größen. Kann man sogar übers Netz bestellen. Lack und Leder, strenge Kammer, wen schockiert das noch ...?

Das Neueste auf diesem Gebiet: Sexroboter, die genau so ausschauen wie ein Mensch!

SEX und Beziehung bald möglich mit ROBOTERN?

Ja, da kommt man aus dem Staunen nicht mehr heraus. Wenn die Prognose stimmt, dann bedeutet das, dass wir in Zukunft mehr Sex mit Robotern haben werden als mit Menschen.

Und was werden die Sexarbeiterinnen dazu sagen, wenn sie eine derartige Konkurrenz bekommen, die sie womöglich arbeitslos macht?

Sex mit einer Maschine, mit einem Roboter, der aussieht wie ein Mann oder eine Frau. Schon spooky!

Es heißt, dass es damit dann für jene, die diesbezüglich immer zu kurz gekommen sind, endlich auch ein erfülltes Sexleben geben wird ...

Na wenigstens etwas!!

Ich finde, dass ein erfülltes Sexleben enorm wichtig ist. Ich glaube nämlich, dass es viel weniger Aggression auf dieser Welt gäbe, wenn alle Menschen ein zufriedenstellendes Sexualleben hätten. Aber mit einem Roboter? Ich möchte mir das nicht vorstellen.

Ich komme eben noch von einem anderen Planeten. Aber die Jungen werden damit vielleicht schon etwas anfangen können oder vielleicht auch müssen. Könnte gut sein!

Denn so wie ich das sehe, ist ja zusätzlich durch das Internet, die Social Media eine neue Einsamkeit für die Menschen entstanden. Eine Isolation vor den diversen Bildschirmen. Auch wenn man auf facebook vielleicht 3.000 „Freunde" hat, so wird vermutlich nicht ein Einziger davon für uns einkaufen gehen oder Tee kochen, wenn wir mit Grippe im Bett liegen. Das machen nur echte Freunde!

Und ehrlich gesagt: Selbst im extremsten hormonellen Notstand möchte ich nicht, dass ein Roboter auf mir rumkrabbelt. Ich hab lieber Sex mit einem Mann oder eben „Do it yourself". Oder gar nicht.

Ich werde auch lieber von einem echten Menschen umarmt als von einer Maschine. Da spüre ich Nähe und Wärme. Berührung ist doch für uns alle sehr wichtig. Für unser Wohlbefinden, unser Immunsystem, unsere Gesundheit!

Vor allem wäre es für Smartphone- und Internet-Süchtige dringend notwendig. Die sind ja meistens nur mit sich, da wäre so ein echter Körperkontakt was Feines, so face to face und nicht nur facebook.

Ich war neulich in einer Fußgängerzone unterwegs. Heißt ja jetzt blöderweise „Begegnungszone". Geh bitte!!! Und fast jeder, der mir begegnete, hatte sein Smartphone vor der Nase, tippte oder streichelte drauf rum. Wär ja mal interessant zu wissen – rein statistisch – wie oft so ein Ding am Tag gestreichelt wird, im Vergleich mit einem Menschen. Bin auch immer wieder angerempelt worden, weil man ja nix sieht, wenn man das Handy vor der Nase hat.

Aber das ist noch gar nichts gegen Pokémon Go. Erinnern Sie sich noch an den allgemeinen Wahnsinn? An die Monsterjagd?

Überall in Wien, auf Straßen und Plätzen, sind Menschen mit irrem Blick auf ihr Smartphone herumgeirrt, um Monster zu fangen! Erwachsene Menschen!

Eine Freundin hat mir damals erzählt, als ihre Enkelin sie besucht habe, sei sie sofort in die Küche gerannt, weil sie dort ein Monster entdeckt hatte und es unbedingt fangen musste.

Und ich selbst hatte auch ein interessantes Erlebnis zur Zeit der Monster.

Ich war gerade dabei einzuparken, als ein Mann ganz hektisch an meine Scheibe klopfte.

„Machen Sie bitte auf, in Ihrem Auto sitzt ein Monster, das muss ich fangen."

„Also bitte, in meinem Auto sitze nur ich!"

„Nein, nein! Auf Ihrem Rücksitz sitzt ein Monster, der Boccaccio, den muss ich fangen, bitte!"

„Ja dann machen Sie halt die Tür hinten auf und fangen Sie Ihr Monster. Ist eh offen."

Er hat sich dann überschwänglich bedankt.

„Super. Vielen Dank. Jetzt hab ich endlich auch den Boccaccio gefangen!"

„Na fein. Freut mich für Sie.! Wie schaut der eigentlich aus? Ich seh den ja nicht."

„Wie ein dicker gelber Radiergummi mit Hörnern und einem Gesicht."

Bin schon gespannt auf den nächsten Hype!

Die Zeiten ändern sich eben und das ist ja prinzipiell gut so!

In meiner Kindheit, nach dem Krieg, gab es bei uns zu Hause noch kein Telefon. Ich war sieben, als wir unser erstes Telefon bekommen haben. Das war ein schwarzes Gerät mit einer Drehscheibe. Vielleicht können sich einige von Ihnen noch daran erinnern.

Und: Es war ein Vierteltelefon. Schon ein ganzer Apparat, aber mit einem einzigen Anschluss für vier Personen. Wobei man die anderen drei, glaube ich, nicht kannte. Vermutlich zum Glück. Denn wenn einer telefonierte, mussten die anderen warten, bis die Leitung wieder frei war.

Und das konnte dauern! Für Choleriker muss das eine unglaubliche Herausforderung gewesen sein. Möchte nicht wissen, wie viele Apparate zu Bruch gegangen sind ...

Heute unvorstellbar für die Jungen.

Telefonieren im Postamt? Geh bitte!

In einem Telefonhüttl?

Was ist das?

Heute kann man überallhin telefonieren und auch überall telefonieren.

In der Straßenbahn, weil's eh jedem wurscht ist, wenn alle zuhören. Beziehungsweise, es hört eh kaum jemand zu, weil ja jeder telefoniert. Man kann im Wald, im Auto, in der Badewanne telefonieren, am Pool, im Urlaub, und manche Menschen machen das sogar im Theater!

Nein, stimmt nicht. Dort lässt man das Handy nur laut läuten. Also wenn ich auf der Bühne stehe, ärgert mich das schon sehr!

Dabei ist es so einfach, auf lautlos zu stellen.

Im Notfall bekommt man oder schickt halt eine SMS. Das geht immer. Sogar in der Oper. Ich bin dort mal in einer Loge gesessen und da habe ich gesehen, dass unten im Parkett einige Displays geleuchtet haben, während Anna Netrebko gesungen hat. Na gut, sie hat's eh nicht gesehen.

Und ganz ehrlich, dafür hab ich Verständnis: Man muss doch hin und wieder seine SMS checken, oder? Und so eine Oper dauert ja ...

Als ich dann nachher noch mit Freunden essen war, saß am Nebentisch ein junges Paar, das die ganze Zeit nichts miteinander redete – jeder war mit seinem Smartphone beschäftigt. Uncool.

Natürlich ist es toll, wenn man mit der Sprache so sparsam umgehen kann, wo eh alles so teuer ist.

Zeit ist Geld! Und darum gibt es ja die praktischen SMS.

Aber, bitte, doch nicht ununterbrochen und überall. Reden Sie auch mal miteinander. Funktioniert!

Einige SMS hab ich für Sie rausgesucht. Vielleicht können Sie etwas davon verwenden. Es gibt ja unendlich viele, aber das können Sie ja selbst checken.

Außerdem sind der eigenen Kreativität keine Grenzen gesetzt. Für einen elitären Kreis kann man ja auch seine eigenen Kreationen verwenden.

Hier einige gängige Kostproben.

LOL = Laughing Out Loud
Lautes Lachen, ein Klassiker.

ROFL = Rolling on the floor laughing
Also, ich zerkugel (wienerisch) mich vor Lachen, Steigerung von LOL.

OMG = Oh my God
Eine SMS, die angesichts der Präsidentschaftswahlen in den USA vermutlich am meisten und sehr oft rund um die Welt ging.

FAQ = Nicht, was Sie denken.
Frequently Asked Questions, „häufige Fragen“

SUS = See you soon, also: bis bald.
Unverbindlich.

TGI = Thanks God it's Friday.
Aber wenn Sie lieber den Sonntag haben, dann schreiben Sie halt:

TGIS = Thanks God it's Sunday.

XOXO = Hugs and kisses
Also, das mach ich lieber
persönlich, live!

Am besten gefällt mir:

LU = Love you.

Sehr romantisch! Unter uns: Also wenn mir ein Lover LULU simst, da bekomme ich direkt weiche Knie!

Auch sehr praktisch: Wenn Sie gerade mal keine Lust haben, zu lächeln, dann schicken Sie eines. Für ein breites Lächeln genügt ein großes G zwischen zwei Sternchen: „Grins".

Bitte, nicht zu vergessen: die Emojis, die lustigen Bildchen. Da brauchen sich die Kids nicht mehr mit Lesen, Schreiben und Fremdsprachen rumzuplagen.

Wir alle wissen: „Ein Bild sagt mehr als tausend Worte!"

Ich stelle mir vor, wie Forscher in etwa 1.000 Jahren über so eine Liste mit Emojis rätseln. Und dann fällt der Groschen:

„Erstaunlich. Die Menschen im 21. Jahrhundert hatten genau so eine Bilderschrift wie die alten Ägypter!"

Ich meckere hier nicht nur einfach rum, auch ich finde das alles großartig und praktisch. Ich hab auch ein iPad, ein Smartphone und einen MAC. Aber ich bin der Chef: Nix da mit elektronischer Versklavung oder Sucht. Es sind für mich nur Gebrauchsgegenstände, so wie mein Auto, mein Fernseher. Die sind für mich da und nicht ich für sie.

Ich treffe mich viel lieber live mit meinen Freunden, unterhalte mich gern mit ihnen, umarme sie auch gern und werde auch gern umarmt, anstatt nur zu simsen oder zu mailen oder zu skypen.

Ich will ja auch nicht ein SECOND LIFE leben, sondern meines, weil's mir Spaß macht und ich es spannend finde.

SECOND LIFE gibt es tatsächlich, im Internet. Seit 13 Jahren! Eine virtuelle Welt mit allem Drum und Dran. Ganze Städte, so wie im realen Leben. Mit Theatern, Banken, Schulen, Krankenhäusern, Bars, Restaurants. Unglaublich! Sogar mit einer eigenen Währung, dem Linden-Dollar.

In diesem SECOND LIFE kann man sich eine künstliche Person erschaffen, einen Avatar, der dann so ist, wie man gern wär, aber halt im Leben nicht ist. Diese Person, dieser Avatar, der führt dann das Leben, das man gerne hätte, aber halt nicht hat und auch nie haben wird.

Ich hab zuerst gedacht: Klingt wie ein amüsantes Spiel.

Ist es aber nicht. Es ist durchaus nicht ungefährlich. Ich weiß, dass dadurch auch schon Beziehungen flöten gingen, nachdem ein Partner mehr in seinem Second Life unterwegs war als im realen Leben.

Zum Glück sind die Teilnehmerzahlen rückläufig.

secondlife.com

Dafür sind jetzt die Strickclubs und Strickcafés IN! Dort findet noch echte Kommunikation in einer Gemeinschaft statt.

Wenn man nicht gerade Maschen zählen muss, kann man miteinander reden, Strickmuster und Strickanleitungen austauschen. Man kann sich in die Wolle geraten, den Faden verlieren und möglicherweise verstricken sich einige auch ineinander.

Das ist doch großartig!

Wir alle wissen, wie wichtig gemeinsame Interessen sind.

Vor allem für eine gute funktionierende Beziehung, eine der schwierigsten Aufgaben in unserem Leben, finde ich. Manche schaffen das besser als andere.

Meine Eltern haben das irgendwie hingekriegt und waren ihr ganzes Leben zusammen. Aber ich weiß, dass es in ihrer Ehe auch einiges gab, was nicht so gepasst hat. Doch die Umstände waren nicht dazu angetan, einfach das Handtuch zu werfen.

Nicht während des Krieges und auch nicht danach. Es blieb vielen Paaren, vor allem mit Kindern, nichts anderes übrig, als es irgendwie miteinander doch zu schaffen.

Scheidungen waren ja früher nicht so einfach und in manchen Ländern wie Italien gar nicht möglich.

Also hat man sich etwas einfallen lassen. Mit verheerenden Folgen. Siehe „Scheidung auf Italienisch".

Ein wunderbarer Film aus dem Jahr 1961.

Eine bitterböse schwarze Komödie, die mit einem Golden Globe ausgezeichnet wurde und einen Oscar für das beste Drehbuch erhielt.

Mit dem jungen Marcello Mastroianni unter der Regie von Pietro Germi. Immer noch sehenswert!

Heute ist es, wenn's nicht passt, wesentlich einfacher, sich zu trennen.

Und man sucht sich einen neuen Lebensabschnittspartner. Und das ist ja angeblich gar nicht so schwer, heißt es.

Schließlich bieten sich jede Menge Partneragenturen an, den Richtigen oder die Richtige für uns zu finden. Ab ins Netz, anmelden, zahlen und warten, bis eine oder einer passt!

Und dann: „Wir freuen uns, dass wir schon wieder einen Kunden verloren haben."

Na geh!

Nach ihrem Ausflug ins Kino hat es Irmi dann auch damit versucht und ist bei einer Partneragentur für „Singles und Akademiker mit Niveau" gelandet.

Wie muss man sich eigentlich das Gegenteil vorstellen?

Jedenfalls, nach einigen Fehlgriffen hat sie sich mit einem Mann verabredet, der ihr schon auf dem Foto sehr gut gefallen hat. In natura aber noch viel besser, wie sie mir versichert hat.

Erstaunlich, weil es ja meistens eher umgekehrt ist.

„Du glaubst es nicht. Ein ganz cooler Typ. Wir haben uns sofort super verstanden und er hat mir auch gleich ein Kompliment gemacht, wie toll ich aussehe. Horst heißt er. Klasse Mann, lustig, gscheit, fesch, sehr belesen, vielseitige Interessen!"

Irmi war hin und weg, total begeistert und ich hab mich für sie gefreut. Vielleicht war sie jetzt bald einmal wieder so richtig happy.

Mehr wollte ich über die Eroberung gar nicht wissen.

Aber ich wurde nicht verschont.

Zunächst einmal Irmi weiter im Text. Begeisterung pur.

„Er hat mich auch erzählt, dass er täglich die ‚5 Tibeter' macht. Das ist so eine Art Fitnessprogramm für Geist und Körper. So wie Yoga. Cool."

„Na großartig. Super! Kannst du ja mit ihm gemeinsam machen. Tät dir sicher auch gut."

„Ja eh. Aber jetzt kommt's! Ich hab geglaubt, ich fall vom Sessel. Vorgestern hat er mir erzählt, dass er jetzt beschlossen hat, auch den 6. Tibeter zu machen. Da muss er allerdings dann auf Sex verzichten. Quasi eine Art Zölibat. Unglaublich, toller Mann und keinen Sex! Zuerst hab ich gedacht, na gut, er macht einen Witz. Ich konnt's einfach nicht glauben, aber das steht so in dem Buch. Er hat mir die Stelle gezeigt."

„Wie bitte? Was soll das heißen? Das ist doch ein Blödsinn."

„Ich hab gewusst, dass du das sagen wirst. Aber ich hab die Seite mit meinem Handy fotografiert, als er kurz mal rausging. Bitte sehr, schau dir das mal an:

‚Der sechste Ritus ist vor allem für diejenigen bestimmt, die sich sexuell vollendet fühlen und ein wirkliches Verlangen haben, sich anderen Dingen zuzuwenden.'

Stell dir das mal vor! Der fühlt sich sexuell vollendet. Was soll denn das sein? Da kriegst du ja echt die Motten. Ich war ziemlich angefressen, aber ich hab ihm dann halt pro forma vorgeschlagen, einfach Freunde zu bleiben. Aber das hab ich nur gesagt, um nicht mein Gesicht zu verlieren. Ich will den nicht mehr sehen. Jetzt reicht's einfach. So ein Mist!"

Was hätte ich dazu sagen sollen? Am besten gar nichts und das Thema Männer für eine Zeitlang einfach sein lassen.

Wir sind dann ins Kino gegangen, in „Ice Age". Das ist immer sehr lustig und wir mögen es beide. Hat auch Irmi kurzfristig auf andere Gedanken gebracht.

Ich habe Irmi dann eine Weile nicht gesehen, weil ich ja mit meinem neuen Programm beschäftigt war: mit recherchieren, Wolle, stricken, Wolle, Plakat entwerfen, Zeugs für die Bühne besorgen, schreiben, immer wieder recherchieren, lernen. Besprechung mit meinem Agenten: Gefällt der Titel „Wolllust"? Ja, eh gut. Passt. Pressetext, Liste für Premierengäste und so weiter.

Irmi hat sich kurz mal telefonisch aufgeregt:

„Du hast ja überhaupt keine Zeit mehr für deine alte Freundin!"

Mein Argument musste sie allerdings akzeptieren:

„Schließlich hast du mir den Floh ins Ohr gesetzt, das mit dem neuen Programm übers Stricken, Wolle usw. Also nicht maulen."

Allerdings war ja noch viel Zeit bis zur Premiere. Aber ich musste noch sehr viel schreiben und die Zeit vergeht immer sehr schnell, vor allem seit ich älter bin. Ist mir früher nicht so aufgefallen ...

Es ist überhaupt so einiges anders. Hat Ihnen schon mal jemand gesagt, als Sie 20 waren, Sie sähen gut aus für Ihr Alter? Sicher nicht! Mir auch nicht. Aber jetzt, wo ich über 70 bin, höre ich immer wieder mal: „Du siehst für dein Alter noch gut aus."

Danke! Ist ja als Kompliment gedacht, finde es aber immer ein wenig komisch.

Ab 60 hab ich das zum ersten Mal gehört und mir ernsthaft Gedanken gemacht.

Denn davor hieß es ja nur immer wieder mal: „Gut siehst du aus."

Ich finde nämlich: Wäre ich ein Biedermeierschreibtisch, noch nicht wurmstichig, meine Beine würden auch noch nicht wackeln und die Beschläge wären noch original Biedermeier, dann fände ich das schon okay, wenn man mich für mein Alter noch gutaussehend fände. Aber ich bin ja kein Möbel!

Ist offenbar ab einem gewissen Alter eine begleitende Alterserscheinung. Eh lieb!

Also, danken und sich einfach freuen, was sonst ...?

Mitten in meiner Schreibwut ruft Irmi wieder an und sagt:

„Also, keine Ausrede mehr. Ich lade dich heut Abend zum Essen ein. Es gibt einen neuen Italiener in der Innenstadt. Soll super sein."

O.k. Bin dabei. Tapetenwechsel zwischendurch ist immer gut. Schreiben ist ja eine einsame Tätigkeit. Sitze ja ständig vor meinem Mac, außer wenn Shirley ihren Spaziergang lautstark einfordert.

Ich merke, dass Irmi nicht besonders gut aufgelegt ist, sieht aber toll aus, hat offenbar auch ein wenig abgenommen, was uns beiden immer wieder mal guttut.

Wir reden über dies und jenes, bis Irmi sagt:

„Ich war neulich in einer gemischten Sauna."

Ich dachte, ich hätte mich verhört:

„Wie bitte, du gehst in eine gemischte Sauna? Geht's noch? Was ist dir denn da eingefallen? Das hast du ja noch nie gemacht?"

„Ach, reg dich ab, da sieht man wenigstens gleich, was Sache ist."

Also, bei Irmi muss echt der Notstand ausgebrochen sein. Aber ich halte meinen Mund. Und Irmi weiter:

„Du da bin ich neben einem Typ gesessen, sehr angenehm, sehr freundlich, ohne mich anzubaggern, ein kultivierter Mann, aber (Irmi kichernd) einen Pullover hätt ich dem nicht stricken brauchen, der war von oben bis unter behaart wie ein Gorilla."

Ich mochte mir das gar nicht vorstellen. Ich hatte nie eine besondere Vorliebe für stark behaarte Männerbrust.

Ja eh, Geschmackssache.

Aber ich musste daran denken, dass auch wir als junge Mädchen behaart gewesen sind. Nicht wie Gorillas, aber immerhin.

Wir hatten überall Haare, auf den Beinen, unter den Armen – in den Achseln des Bösen. Da gab's weder Harzen noch Rasieren.

Wenn damals eine Frau dunkle Haare auf den Beinen hatte, und dann noch einen leichten Schnurrbart auf der Oberlippe, fanden Männer das rassig! Brrr!

Wer heutzutage hip sein will, muss aussehen wie ein Regenwurm, nackt und glatt. Dafür gibt's Brazilian Waxing bis in die kleinste Ritze!

Moment mal! Wie hieß es da irgendwann mal in einem Hochglanzmagazin:

„Bunte Achselhaare sind bei Frauen der Winter Trend! Vergesst Wollpullover, dicke Socken und lustige Schals. Der Trend für diese kalte Jahreszeit sind: bunte Achselhaare."

Und das wärmt?

Möglicherweise tragen die Hipster deshalb so lange Bärte, weil es so schön warm auf der Brust ist. Was weiß ich! Das ist sowieso nicht mein Ding. Wenn ich so etwas sehe, überlege ich mir, wie so ein Hipster wohl seinen Bart pflegt. Bei einem Essen in einem Restaurant zum Beispiel. Nach jedem Gang auf in die Herrentoilette zur Bartwaschung? Muss ich mir das vorstellen? Nein.

Irmi fand das toll, mit den bunten Haaren all over, allerdings kam sie sehr rasch drauf, dass sie ja nichts zu färben hatte, weil sie sich noch im Status Regenwurm befand.

Irmi am Telefon:

„Geh bitte, das ist ja zu blöd! Das ist wie mit den Augenbrauen. Zuerst keine und dann je dicker, desto schicker. Wie soll denn das gehen? So schnell wachsen die Haare ja nicht. Und bis dahin ist dann eh alles wieder anders. Blöde Mode!"

Ich hab zu Irmi gesagt:

„Geh, das ist ja alles nicht mehr so wichtig. Früher mal hast du jedem Fummel angesehen, aus welchem Jahr er war. Das ging gar nicht, wenn man IN sein wollte. Das ist doch heute wurscht, du kannst anziehen, was du willst, du kannst dir jeden Tag eine andere Frisur in einer anderen Farbe machen, das ist völlig egal. Du kannst Hosen tragen oder Kleider, Röcke kurz oder lang, ein Modediktat gibt es nicht mehr.

Auch bei Schuhen! Kannst tragen, was du willst! Highheels, Schlapfen, Bikerboots oder Stiefletten! Es ist egal. Die Jungen tragen sowieso alle Gumminger, Turnschuhe oder Tennisschuhe. Manche Erwachsene übrigens auch. Und zwar zu jeder Gelegenheit. Ich finde das erfrischend."

So viel dazu.

Ich hatte andere Sorgen! Meine linke Hüfte machte mir arg zu schaffen und ich wusste, was das zu bedeuten hatte. Meine Arthrose machte sich wieder mal wichtig.

Also hin zum Orthopäden. Fazit: neues Teilchen.

Na fein, und das zwei Monate vor meiner Premiere.

Aber was muss, das muss und so wurde es dann auch gemacht.

Eine Woche im Spital und dann nach Hause.

Dort verbrachte ich auch meine Reha, unterstützt von einem Freund, der Physiotherapeut ist. Und obwohl Freund: schonungslos! War aber lieber daheim als rekonvaleszent unter lauter Ebensolchen.

Hab dann fleißig geübt, geturnt, meinen Physiotherapeuten drangsaliert und letzten Endes hatte ich es geschafft.

Shirley hat mich dabei unterstützt. Bin sogar auf Krücken mit ihr spazieren gegangen. Auch ein Übungsprogramm.

Ich bin dann auch relativ bald auf dem Hometrainer bis zum Nordpol geradelt und hab mich darüber gefreut, dass sich die Schmerzen in Grenzen gehalten haben.

Perfect Timing, so knapp vor der Premiere.

Wichtig war mir auch, ein wenig abzunehmen, nachdem ich ja normalerweise viel mehr Bewegung mache, wie Tennis spielen usw., und etwas zugelegt hatte.

Insgesamt war ich sehr froh, mich endlich wieder normal, ohne Schmerzen bewegen zu können. Ich liebe mein Superteilchen!

Schon großartig, was Ärzte heute alles reparieren können.

Meine Mutter hätte mit meiner Diagnose wahrscheinlich den Rest ihres Lebens mit Stock gehen müssen, mit Schmerzen oder voll mit Schmerzmitteln.

Auch nicht unwesentlich: Jeder, der in England lebt und eine Hüfte braucht, darf sie selbst bezahlen, wenn er über 60 ist.

So besehen müsste die Raunzerei über unser Gesundheitssystem sofort verstummen.

Mein Solo war längst fertig. Ich hatte das Irmi gar nicht verraten und sie ist ziemlich überrascht gewesen, als ich sie zur Premiere im Oktober eingeladen habe.

Alles gut gegangen. Gutes Publikum, hat sich prächtig unterhalten und ich hatte auch viel Spaß auf der Bühne. Universum sei Dank!!!

Irmi war ganz stolz auf ihre Idee und dass sie es geschafft hatte, mich dafür zu begeistern:

„Ehrlich gesagt, hab ich ja nicht geglaubt, dass du es wirklich machen wirst. Du hast dich ja am Anfang ständig lustig gemacht über mich. Aber es ist echt witzig geworden, auch wenn du mich für deine Scherze benützt! Ich hab mich sogar darüber gefreut. Bin stolz auf dich. Echt lustig, trotzdem auch etwas zum Nachdenken. Nix für die Schenkelklopferpartie."

Schön, von meiner alten Freundin gelobt zu werden. Es ist sehr entspannend, dass wir ganz ehrlich miteinander umgehen können. Kritik ist durchaus erwünscht, weil von Liebe getragen. Das ist ein Luxus der besonderen Art. Schmeicheleien sind nicht drin.

Das überlassen wir den Schleimern.
Komplimente mögen wir schon. Danke!

Ich habe Irmi danach eine Weile nicht gesehen, weil ich dauernd irgendwo gespielt habe und fast keinen Abend zu Haus gewesen bin.

Aber dann ruft sie mich plötzlich ganz aufgeregt an.

Ich war gerade im Auto auf dem Weg nach Linz zu einem Auftritt.

„Stell dir vor, der Karli ist wieder da! Mein Karli! Ich bin ganz hin und weg. Bin soooo froh. Endlich hab ich ihn wieder. Er ist halt schon meiner. Fahr vorsichtig, ja. Ich ruf dich morgen Vormittag an und erzähl dir alles ganz ausführlich. Bin total happy. Stell dir vor, er war in Indien. In indien! Bussi, bis morgen. Gute Fahrt noch.“

Irmi hat mich am nächsten Tag kurz angerufen und mich zu einem späten Frühstück eingeladen. Bin natürlich gleich losgefahren. War ja auch schon sehr neugierig.

Karli war ziemlich verändert. Braungebrannt und kahlgeschoren. Sah aber toll aus.

Und er hat erzählt und erzählt und Irmi und ich sind stundenlang dagesessen und haben zugehört.

Vom Kloster in den Bergen, am Fuße des Himalaya, wo er meditiert und endlich Ruhe gefunden hatte.

Er sagte: „Ich habe eine Auszeit gebraucht. Von mir selbst. Und das war das Beste, was ich machen konnte. Ich hab ja immer auch an dich gedacht, Irmi, weil ich dich ja liebe, aber meinen Traum wollte ich unbedingt verwirklichen. Ich konnte aber niemand davon erzählen. Nicht mal dir, Irmi.

Ich hatte Angst, es dann nicht mehr zu machen. Ich kenne viele Menschen, die voller Leidenschaft von ihren Plänen erzählen, immer wieder und immer wieder darüber reden, und letzten Endes ist das Reden für sie schon so befriedigend, dass sie ihre Träume dann nicht mehr in die Tat umsetzen. Das wollte ich verhindern."

Also, auch ich war sehr froh, dass Karli wieder da war und dass Irmi keinen „Ersatz“ für ihn gefunden hatte. Ich liebe sie ja beide und finde noch immer, dass sie sehr gut zueinander passen.

Karli fragte mich: „Und du? Was ist mir dir? Lebst du immer noch allein in deinem Hexenhaus?“

„Ja, und ich genieße es sehr. Bin gern allein. Wenn mein Freund aus Paris da ist, freue ich mich. Bin aber auch nicht traurig, wenn er wieder fährt. Ich bin sehr gern allein. Und weißt du, Karli, ich habe so viel in meinem Leben erlebt, gesehen und gemacht, dass man drei Leben damit füllen könnte. Ich fühle mich gut und es geht mir gut. Ich könnte jederzeit gehen und hätte damit kein Problem. Es ist gut so, wie es ist.“

Und Karli lachte: „Du redest ja fast wie einer meiner alten Mönche.“

Und ich: „Vielleicht war ich mal einer, wer weiß!“

Happiness is a journey, not a destiny.
Work, as if you don't need the money.
Love as if you have never been hurt before,
and dance, as if nobody is watching.
Wait no more, now is the best moment,
now is the perfect time to be happy
by dancing,
as if nobody is watching.

Aus „Midnight Muse: A Lunar Cycle."
Ein Buch von Crystal Boyd.

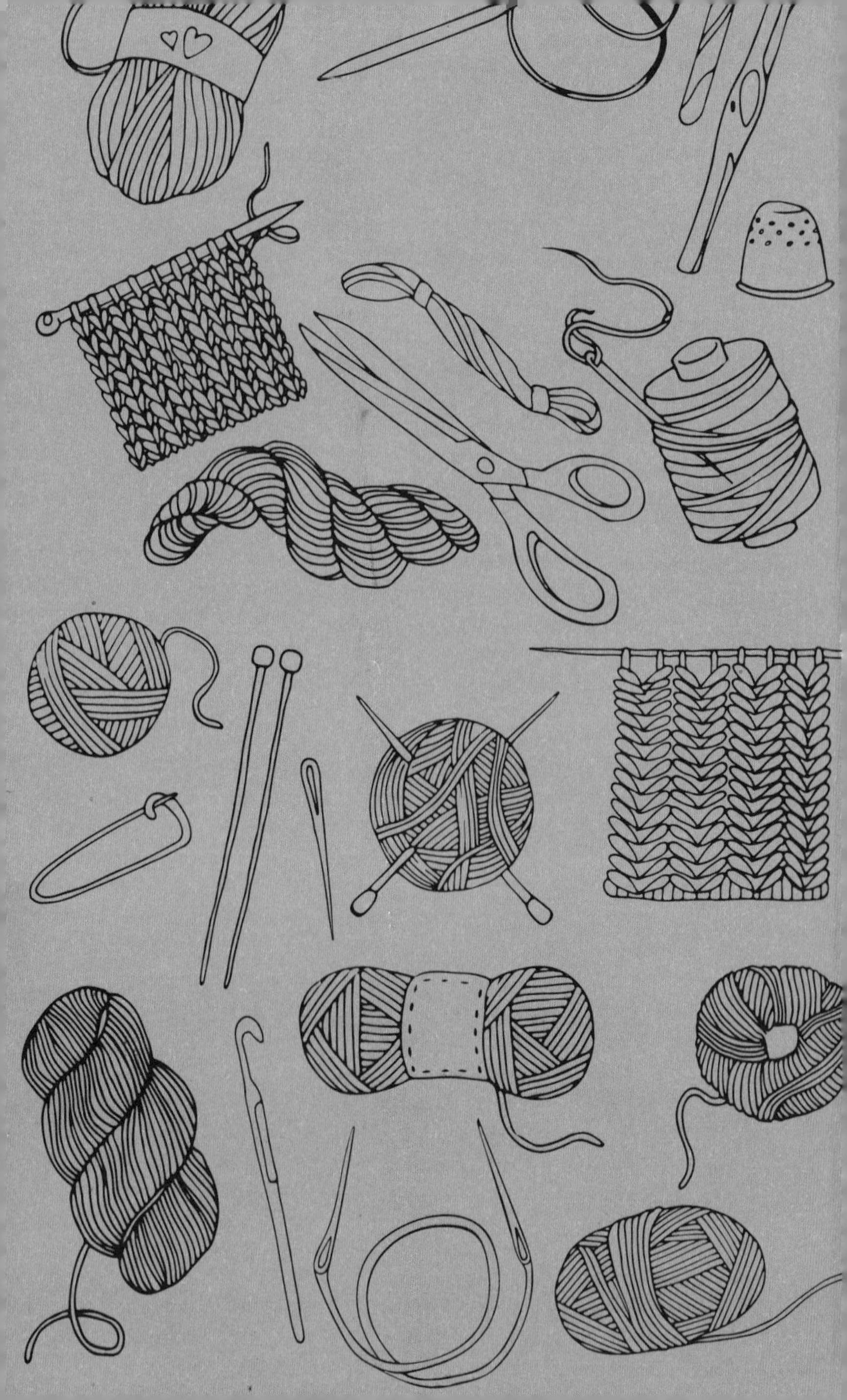